AF177282

Die großen Romane
Band 49

»Roys Glas – er hält es noch immer in der Hand – zittert ein we-
nig. Er muss sich anstrengen, um nicht zu wanken.
Er hört die Stimme des Wachtmeisters:
›Was haben Sie da gefunden?‹
Roy ist sicher, er würde seinen Kopf darauf verwetten, dass seine
Frau die Absicht hatte, den Zettel zu verstecken. Er ist sicher,
dass sie eine Sekunde zögert, bevor sie die Hand öffnet.
›Geben Sie her ... Das kleinste Indiz kann in diesem Fall ...‹
Dieses Wort, ›Fall‹, wird sich Roy ins Gedächtnis einprägen.«

Georges Simenon, geboren 1903 im belgischen Lüttich, gestorben
1989 in Lausanne, gilt als der »meistgelesene, meistübersetzte,
meistverfilmte, mit einem Wort: der erfolgreichste Schriftsteller
des 20. Jahrhunderts« *(Die Zeit)*. Seine erstaunliche literarische
Produktivität (75 Maigret-Romane, über 117 weitere Romane),
viele Ortswechsel, zwei Ehen und unzählige Frauen bestimmten
sein Leben. Rastlos bereiste er die Welt, immer auf der Suche
nach dem, »was bei allen Menschen gleich ist«. Das macht seine
Bücher bis heute so zeitlos.

Georges Simenon

Der Bericht
des Polizisten

Roman

Aus dem Französischen
von Markus Jakob

Atlantik

Die französische Originalausgabe erschien 1944 unter dem Titel
Le rapport du gendarme im Verlag Gallimard, Paris.
Die deutsche Erstausgabe erschien 1987 im Diogenes Verlag, Zürich.
Die Übersetzung wurde für die vorliegende Ausgabe überarbeitet.

Atlantik ist ein Imprint
des Hoffmann und Campe Verlags, Hamburg.

1. Auflage 2023
Copyright © 1944 by Georges Simenon Limited
GEORGES SIMENON ® Simenon.tm
All rights reserved
Copyright für die deutschen Rechte © 2018
Kampa Verlag AG, Zürich
Copyright der deutschen Übersetzung © 1987, 2011
Diogenes Verlag AG Zürich
Copyright für diese Ausgabe © 2023
Hoffmann und Campe Verlag, Hamburg
www.hoffmann-und-campe.de
Umschlaggestaltung: © Rothfos & Gabler, Hamburg
Umschlagabbildung: © Marie Carr/Trevillion Images
Satz: Dörlemann Satz, Lemförde
Gesetzt aus der Stempel Garamond und der Ano
Druck und Bindung: GGP Media GmbH, Pößneck
ISBN 978-3-455-01673-4

HOFFMANN
UND CAMPE

Ein Unternehmen der
GANSKE VERLAGSGRUPPE

1

Die beiden Frauen waren gerade auf dem vorderen Dachboden beschäftigt, demjenigen mit dem Rundfenster zur Straße, der als Obstlager genutzt wurde. Die Mutter, Joséphine Roy, saß auf einem niedrigen Stuhl, nahm Äpfel aus einem Korb und rieb sie mit einem rot karierten Tuch ab; die wurmstichigen legte sie beiseite, die guten reichte sie Lucile weiter.

Lucile legte die Früchte fein säuberlich nebeneinander auf den Gitterregalen längs der Wände aus. Für die oberen Reihen musste sie auf einen Schemel steigen.

Sie hatten damit gleich nach dem Geschirrspülen begonnen, und nun war es schon vier Uhr vorbei. Man hätte anhand ihrer Bewegungen das Vergehen der Zeit messen können, so regelmäßig waren diese, und um sie herum herrschte eine solche Stille, dass man den Eindruck hatte, das eintönige Leben in ihrem Innern zu hören, so wie man, wenn man in die Küche kam, das Ticken im Innern der Wanduhr hörte. Sogar der Regen draußen fiel leise, sachte, ruhig, wie ein Flor, der sich gleichzeitig mit dem Abend auf das Gehöft senkte.

All das sollte Stunden später nochmals Erwähnung finden, nämlich in dem trockenen Bericht eines Wachtmeisters der Gendarmerie.

Seit Stunden schon rieb Joséphine Roy Äpfel ab, sonderte sie aus; und seit Stunden legte Lucile, ihre Tochter, sie nach Sorten geordnet auf die Regale des Obstlagers.

Immer wenn sie an der kleinen Fensterluke vorbeikam, immer oder jedenfalls fast immer – solche Dinge lassen sich hinterher nicht mehr mit letzter Sicherheit sagen –, warf sie gedankenlos einen Blick auf das Stück nass glänzender Straße vor dem Haus, auf die grüne Böschung, die daran anschloss, und dann sah sie den fahlen aufgerissenen Stamm des Nussbaums, der in der Nacht umgestürzt war, und das dramatische Gewirr seiner gekrümmten Äste.

Der Herbststurm hatte sich erst im Morgengrauen ganz gelegt, und danach hatte dieser Nieselregen eingesetzt, der immer noch anhielt. Vater und Sohn Roy waren hinausgegangen, um sich den Baum anzusehen, der seit vielleicht zweihundert Jahren hier gestanden und dem Hof seinen Namen – Gros-Noyer – gegeben hatte und der nun vom Sturm gefällt worden war. Um die Straße wieder freizulegen, hatten sie einige Äste absägen müssen.

Der Alte war nun mit dem Vieh beschäftigt, im Kuhstall oder auch bei den Pferden. Étienne Roy war wie jeden Samstag in Fontenay-le-Comte.

In einer Viertelstunde, allerhöchstens einer halben, würde es zu dunkel sein, um Äpfel zu verlesen, und die beiden Frauen würden hinuntergehen.

Es würde die Sache des Wachtmeisters sein, im Rückblick den genauen zeitlichen Ablauf zu bestimmen, und erstaunlicherweise sollte ihm das auch gelingen, indem er wieder und wieder die Leute ausfragte und ihre Aussagen miteinander verglich.

Der Erste, der die Straße entlangkam, war Serre, der Pferdehändler aus La Rochelle; er fuhr mit seinem Auto und dem mit einem gelben Dreieck markierten Anhänger vorbei. Lucile blickte zum Wagen hinunter, ohne Serre am Lenkrad zu sehen, aber sie sah das Pferd, ganz durchnässt, das sich auf dem schwankenden Anhänger mühsam im Gleichgewicht hielt. Sie bemerkte auch, dass das Gefährt etwas langsamer wurde, vermutlich weil der Fahrer einen Blick auf den umgestürzten Baum werfen wollte.

Es war halb fünf. Das ließ sich leicht feststellen, denn Serre hatte das Café du Marronnier in Maillezais um Viertel nach vier verlassen, und für die fünf Kilometer brauchte er erfahrungsgemäß nicht länger als eine Viertelstunde.

Noch eine Reihe Äpfel, je Reihe dreißig Stück ... Wie viel war das, in Sekunden gerechnet? ... Das Dachfenster lag gleich neben dem Ende des Regals ... Lucile sah nochmals hinaus, kniff die Augen zusammen, denn nun lag dort, neben dem umgestürzten Nussbaum, eine menschliche Gestalt.

Sie sagte nichts. Sie redete nicht viel mit ihrer Mutter.

»Ich dachte, es sei ein Betrunkener ...«, sagte sie später aus. »Es kommt oft vor, dass die Männer samstags, wenn sie vom Markt zurückkommen, ein wenig angesäuselt sind ...«

Und doch war es für sie wie ein Schock. Sie geht einen Korb Äpfel holen, kommt zurück, blickt nochmals hin und sieht, dass neben dem Mann ein Fahrrad liegt.

Sie hatte gleich ein ungutes Gefühl und musste an die Katze denken. Eine alte Geschichte, die schon zehn Jahre zurücklag. Sie war damals zwölf. Sie kam von der Schule nach Hause. Sie machte in der Küche ihre Aufgaben. Ihre

Mutter war am Gemüseputzen, und es wurde Abend, genau wie heute.

Die fuchsrote Katze, die seit Tagen um das Gehöft herumschlich und der die Männer vergeblich mit Mistgabeln nachgesetzt hatten, stand plötzlich, nachdem sie einen entsetzlichen Schrei von sich gegeben hatte, auf dem Fenstersims. Ganz nah hinter der Scheibe sah man sie, und auch sie starrte entsetzt die Gesichter an, die sich ihr zugewandt hatten.

Sie musste in eine Falle geraten sein und hatte sich nur wieder befreien können, indem sie ihre Haut halb zerfetzt hatte. An die offenen Wunden hatte sich schon Ungeziefer gemacht. Grüngoldene Fliegen saßen darauf.

»Geh, mach deine Aufgaben, Lucile …«

Die Mutter war hinausgegangen und hatte versucht, das Tier zu verscheuchen, aber es hatte sich umso dichter ans Fenster gepresst. Der alte Roy war nach Sainte-Odile seinen Schoppen trinken gegangen. Sein Sohn war auf dem Viehmarkt.

Fast eine Stunde mussten sie auf ihn warten. Draußen war es inzwischen dunkel geworden. Vor der Schwärze des Fensters leuchteten die Katzenaugen. Endlich hörte man den Karren heranrattern.

»Étienne! Die Katze ist hier …«

Schritte, dumpfe Schläge, haarsträubendes Miauen, und endlich war der Vater hereingekommen.

»Wasch dir die Hände …«

Wie oft schon hat sie an die Katze gedacht und immer versucht, die Erinnerung zu verscheuchen, jenes Bild, das sie mehrmals am Einschlafen gehindert hatte? Sie hat genau drei Reihen Äpfel gelegt. Ein Auto fährt vorbei, mit brennenden Scheinwerfern, obwohl es noch nicht ganz dunkel ist. Lucile kennt das Fahrzeug, es ist der Lieferwagen von Ligier, dem Geflügelhändler aus Sainte-Odile. Er hat angehalten. Ligier steckt den Kopf zur Wagentür heraus. Man könnte meinen, er rede mit jemandem, aber man hört nichts, denn der laufende Motor übertönt alle Geräusche.

Dann fährt er wieder los, in Richtung Sainte-Odile.

Tatsächlich saßen, Lucile wird sich später daran erinnern, zwei Männer vorn in dem Lieferwagen. Es war der junge Ligier, der sich vorgebeugt hatte. Die Gestalt, die man auf der andern Seite erkennen konnte, war vermutlich der alte Ligier gewesen, der seinen Sohn samstags gewöhnlich begleitet.

Der Unbekannte liegt nicht mehr dort, wo er vorher gelegen hat. Er liegt jetzt direkt auf der Straße, etwas weiter rechts, kaum einen Schritt von den Ästen des umgestürzten Nussbaums entfernt.

Lucile öffnet den Mund, um etwas zu sagen. Aber was? Sie weiß nicht, was sie sagen soll, und so schweigt sie.

Joséphine Roy erhebt sich, schüttelt ihre Schürze aus. Es ist zu dunkel, um weiterzuarbeiten, und es ist Zeit, die Suppe aufs Feuer zu setzen.

»Was ist denn das?«, murmelt sie und bleibt vor der Fensterluke stehen.

»Ich weiß nicht … Ligier hat mit ihm gesprochen …«

Sie gehen hinunter. Vom ersten Stock an ist die Treppe gebohnert. In der geräumigen Küche wird Licht gemacht.

Es ist nicht kalt genug, um den Ofen anzufeuern, und

Joséphine Roy bückt sich vor dem Herd; das Streichholz flammt blau auf, mit einem leichten Schwefelgeruch, dann wird die Flamme hell, die feinsten Ästchen des Reisigs fangen Feuer und beginnen zu knacken.

Lucile macht das Hühnerfutter bereit. Auf dem Hof Gros-Noyer weiß jeder, was er zu tun hat. Lucile denkt immer noch an den Mann, der auf der Straße liegt.

Die Wanduhr schlägt fünf. Wenn sie einmal nachgeht, dann höchstens fünf Minuten. Man hört, wie ein Pferd angetrabt kommt.

»Ist das Gatter offen?«, fragt Joséphine Roy.

Lucile schiebt die Gardinen beiseite, um in den Hof zu sehen.

»Ja ...«

Die Stute bleibt stehen. Étienne Roy steigt vom Karren und schüttelt sich wie ein nasser Hund.

Die Mutter öffnet die Küchentür. Draußen ist es dunkel.

»Hast du nichts gesehen auf der Straße?«

»Wo denn?«

»Gleich beim Nussbaum ...«

Die Schritte entfernen sich. Roy hat noch die Peitsche in der Hand. Seine Frau wartet unter der Tür und blickt zum Gatter, dessen Sprossen sich schwarz wie Tuschstriche vor dem dunkelgrauen Himmel abzeichnen.

Dann kommt Roy zurück. Auf dem Weg bis zur Tür sagt er nichts. Sein Atem riecht leicht nach Alkohol, wie immer am Samstag, betrunken ist er allerdings nie.

In seinem rötlichen Schnurrbart hängen Wassertröpfchen, und sein Blick ist unstet. Er schaut sich suchend in der Küche um und sagt:

»Man sollte ihn wohl besser hereinholen ... Ich glaube, er ist ...«

Und er starrt auf seine rotverschmierte Hand, das Blut ist vom Regen schon wieder halb aufgelöst.

Der Ort, Sainte-Odile, liegt bloß dreihundert Meter vom Hof Gros-Noyer entfernt. Man sieht ihn nur nicht, weil die Straße eine Kurve beschreibt und der niedrige Kirchturm hinter Eschen verborgen bleibt.

Während der alte Roy abschirrt, hat sich Étienne mit dem Fahrrad auf den Weg zur Post gemacht. Er beugt sich über den Schalter vor. Seine Schnurrbarthaare zittern.

»Wollen nicht lieber Sie reden?«, sagt er zur Schalterbeamtin, Mademoiselle Picot.

»Hallo! ... Doktor Naulet in Maillezais? ... Ist dort Maillezais? ... Ich habe die Nummer sechs verlangt ... Spreche ich mit dem Arzt? ... Wie? Er ist nicht zu Hause? ... Ja, bitte versuchen Sie ihn zu erreichen, es ist dringend ... Wahrscheinlich sitzt er beim Skat im Commerce ... Er soll sofort nach Sainte-Odile kommen ... Beim Hof Gros-Noyer ist ein schwerer Unfall passiert ... Hallo, Maillezais! ... Geben Sie mir die Gendarmerie ... Ja, meine Liebe ... Ich weiß auch nicht ... Ein Mann, den man halb tot auf der Landstraße aufgelesen hat ... Polizei? ... Hier Sainte-Odile ...«

Sie ist im Element, schaut Roy an, als wollte sie sagen:

›Sehen Sie, wie einfach das ist!‹

Draußen wird Étienne Roy gleich wieder von der Dunkelheit verschluckt, und beinahe hätte er sein Fahrrad vergessen; er muss kehrtmachen, um es zu holen. Hier und dort ein Lichtschein im Fenster eines niedrigen Häuschens. Es regnet noch immer. Roy betritt das Wirtshaus.

»Einen Rum ...«

Er schaut seine Hand an. Vier Kartenspieler richten ihre Blicke auf ihn. Wenn er etwas sagt, werden sie gleich alle zum Bauernhof gelaufen kommen. Und trotzdem möchte er gern reden.

»Guten Abend ...«

Einige behaupten, er sei verschlossen, er halte immer mit etwas hinter dem Berg, als habe er etwas zu verheimlichen. In Wirklichkeit ist er einfach auf der Hut. Wäre es nicht besser gewesen, er hätte mit dem Vater den Mann auf den Wagen geladen und nach Maillezais gebracht? Stattdessen haben sie ihn hochgetragen ins vordere Zimmer, das der Mutter, als sie noch lebte, aber hinfällig war und sich nicht mehr in den Haushalt einmischte.

Er schiebt sein Fahrrad mit einer Hand. Er hat keine Eile. Lieber lässt er sich etwas Zeit, damit der Arzt und der Wachtmeister vor ihm eintreffen. Der Wachtmeister kommt sicher auf die Idee, beim Arzt im Auto mitzufahren, statt das Rad zu nehmen.

Wer ist dieser Mann, der da ausgerechnet vor seinem Haus im Straßengraben gelandet ist? Roy kennt ihn nicht. Er sieht nicht aus wie einer von hier. Er ist angezogen wie ein Seemann, trägt eine fast neue Matrosenjacke aus sehr dickem blauem Tuch. Wie blutverschmiert sein Gesicht und sein Kopf waren, als sie ihn hinauftrugen ...

Ganz selbstverständlich hebt Étienne Roy, als er nach Hause kommt, das Fahrrad des Unbekannten auf und stellt es neben das seine an die Außenmauer der Küche.

Der alte Roy steht da, in schweren Holzschuhen, wie er sie normalerweise nicht tragen würde, denn die roten Fliesen sind blitzblank. Sein Sohn sieht ihn fragend an. Der Alte antwortet:

»Ich glaube nicht, dass er schon tot ist ...«

Étienne würde es gerne wissen ... Er lauscht ... Seine Frau ist oben, beim Verletzten ... Étienne nutzt die Gelegenheit, um leise den Schrank zu öffnen und die Cognacflasche herauszunehmen ...

Er schenkt ein Glas voll, reicht es seinem Vater, füllt es dann für sich selbst nach, bevor er es unter dem Wasserhahn abspült und an seinen Platz stellt.

Ein Auto. Scheinwerfer im Hof. Sie leuchten in die offene Stalltür, wo man kurz die Kruppe einer Kuh sieht.

»Kommen Sie herein, Doktor ... Ich habe mir schon gedacht, Wachtmeister, dass Sie auch gleich im Auto mitfahren würden ... Wegen dieser komischen Geschichte ... Vielleicht gehen wir am besten gleich hinauf? ...«

Die Treppe ist schon schmutzig geworden. Keiner denkt daran, sich die Schuhe abzuputzen. Joséphine Roy macht leise die Tür auf. Sie hat Tücher, Waschschüsseln und Wasserkrüge hergebracht, eine Flasche Wasserstoffperoxyd, wie man sie immer im Hause hat.

Es sind eigentlich zu viele Leute in dem Zimmer mit dem Mahagonibett, das hoch wie ein Katafalk ist.

»Geh hinunter, Lucile ...«

Der Arzt gibt Anweisungen:

»Kochen Sie Wasser auf, so viel wie möglich ...«

Das Zimmer riecht nach Naphthalin, denn seit dem Tod der Mutter Roy werden dort, im großen Schrank, abgelegte

Kleider, Leintücher und Überzüge aufbewahrt. Doktor Naulet, der seine Pfeife immer noch im Mund hat, zieht sein Jackett aus und krempelt die Ärmel seines Hemds zurück.

»Wurde er von einem Auto angefahren?«, fragt er.

»Ich weiß es nicht …«

»Sie haben nicht gesehen, wie es passiert ist?«

Der Mann liegt leblos da und zeigt keine Reaktion, als ihm der Arzt mit seinen großen Händen den Schädel abtastet.

»Es sind Reifenspuren auf seiner Hose«, bemerkt der Wachtmeister, der schon sein Notizbuch aus der Tasche gezogen hat. »Ist er tot?«

»Noch nicht … Hören Sie, Wachtmeister … Es wäre gut, wenn Sie Doktor Berthomé in Fontenay anrufen könnten … Die Nummer hundertachtzehn … Er soll gleich sein Besteck mitbringen …«

Während etwa einer Stunde kommen sie sich alle vor wie körperlose Gespenster in einer fremden Umgebung. Schon füllt sich dieses Zimmer, das sonst kaum je betreten wird, mit Arzneigerüchen.

Lucile hat sich angeschickt, den Ofen in der Küche anzufeuern. Damit es schneller geht, hat sie Petroleum dazugegossen. Im Hof hält ein zweiter Wagen, das Luxusauto Doktor Berthomés, des Chirurgen aus Fontenay-le-Comte.

Die beiden Ärzte bleiben lange mit dem Verletzten allein. Manchmal geht die Tür einen Spaltbreit auf, und sie rufen herunter, um sich dies oder jenes zu erbitten. Joséphine Roy hat schon mal die Cognacflasche auf den Tisch gestellt, für den Wachtmeister, der mit der Abfassung seines Berichts begonnen hat.

Ein Kommen und Gehen, vom Schein einer Lampe in den der nächsten, und dann wieder hinaus in die feuchte Dunkelheit des Hofs oder der Landstraße.

Der alte Roy hat im Pferdestall die Sturmlaterne geholt. In ihrem Lichtschein haben sie die Stelle untersucht, wo der Verletzte gelegen hatte. Nichts zu finden.

»Madame Roy, bitte ... Oder Ihr Mann, es spielt keine Rolle ...«

Joséphine geht hinauf. Doktor Naulet, bei dem sie mehrmals in Behandlung gewesen ist, spricht leise auf sie ein. Sie stehen auf dem Treppenabsatz. Die Frau antwortet:

»Wenn Ihnen damit geholfen ist ...«

»Ihr Mann wird doch nichts dagegen haben?«

Sie erwidert nichts, begnügt sich mit einem beschwichtigenden Zeichen. Jedermann weiß, dass sie hier das Sagen hat. Schon im Hinuntergehen verkündet sie:

»Er ist im Moment nicht transportfähig und bleibt ein oder zwei Tage hier ... Lucile, der Herr Doktor möchte gern ...«

Man weiß nicht einmal mehr, wie viele Leute sich eigentlich im Haus befinden, und ans Essen denkt schon gar niemand.

»Was haben Sie gesagt, Mademoiselle? ...«

»Ich weiß nicht genau, wie spät es war, aber es fing gerade an, dunkel zu werden ...«

»Moment mal ... Sie sagen, es wurde dunkel ... Sah man noch genug, oder musste man schon Licht machen? ... Womit waren Sie gerade beschäftigt?«

»Wir haben oben auf dem Dachboden Äpfel verlesen, meine Mutter und ich ...«

»Dann hörten Sie einen Wagen, der von Maillezais herkam ... Sie sahen zum Fenster hinaus ...«

»Nicht dass ich extra hingeschaut hätte, aber ich habe das Auto von Monsieur Serre erkannt ...«

»Hielt er an? ... Fuhr er sehr schnell? ...«

»Ich hatte den Eindruck, er fuhr langsamer ...«

»Moment mal ... Sie hatten den Eindruck ... Trat er auf die Bremse, wie wenn man zum Beispiel plötzlich ein Hindernis auf der Straße sieht?«

»Nicht so heftig ...«

»Aber er trat doch auf die Bremse?«

Étienne Roy traut sich nicht, Platz zu nehmen, weiß aber auch nicht recht, wo er sich hinstellen soll. Er sieht niemandem ins Gesicht. Er streicht umher, bleibt stehen, drückt sich wieder in eine andere Ecke, unruhig wie ein Tier bei einem Gewitter. Wenn er sich unbeobachtet glaubt, wirft er einen Blick auf seine Frau, die ihre Ruhe bewahrt. Der Alte ist die Kühe melken gegangen.

»Herr Wachtmeister ...«

Einer der Ärzte ruft ihn von oben.

»Das wird Sie interessieren ... Kommen Sie, wir haben eine Überraschung für Sie ...«

Als Wachtmeister Liberge wieder herunterkommt, trägt er über dem Arm die Kleider des Verletzten.

»Wir machen gleich weiter ... Erst will ich mir aber seine Papiere ansehen ...«

Er durchwühlt die Taschen. Aus der einen nimmt er ein ziemlich dickes Bündel Banknoten, die durch ein breites rosarotes Gummiband zusammengehalten werden, ein Stück Gummischlauch.

Es sind Tausendfrancscheine, sechzig an der Zahl.

»Ich werde gleich die Nummern herausschreiben ...«

Ein Taschentuch und ein Messer mit drei Klingen. Keine Pfeife, keine Zigaretten, keine Streichhölzer – offensichtlich ist der Verletzte Nichtraucher.

Étienne Roy hebt die Augen und sieht seine Frau neben dem Tisch stehen, den Blick starr auf die Hände des Gendarmen gerichtet, der immer noch die Taschen durchwühlt.

»Acht Franc Kleingeld ... Mich wundert nur, dass da weder eine Brieftasche noch irgendein Ausweis zu finden ist ...«

Die nassen, dreckverschmierten Kleider liegen in einem unförmigen Haufen auf dem Küchentisch. Aus dem Zimmer oben hört man das Hin und Her von Schritten. Die Tür geht auf.

»Haben Sie noch siedendes Wasser?«

Madame Roy zu Lucile:

»Bring einen Krug Wasser hinauf ... Oder nimm gleich den Wasserkessel ...«

Étienne Roy, der sich schon seit einer Weile gerne noch einen Cognac einschenken würde, nähert sich vorsichtig dem Tisch. Da liegt etwas auf dem Boden, neben dem Tischbein, ein Blatt Papier. Er hebt es nicht auf, denn seine Hand greift schon nach der Flasche, seine Frau schaut gerade nicht her.

Er schenkt ein ... Eben will er das Glas ansetzen ... Er sieht nicht hin, aber er merkt doch genau, dass Joséphine sich bückt, als hätte sie etwas fallen gelassen ... Das Stück Papier ist in ihrer Faust verschwunden ...

Roys Glas – er hält es noch immer in der Hand – zittert

ein wenig. Er muss sich anstrengen, um nicht zu wanken. Er hört die Stimme des Wachtmeisters:

»Was haben Sie da gefunden?«

Roy ist sicher, er würde seinen Kopf darauf verwetten, dass seine Frau die Absicht hatte, den Zettel zu verstecken. Er ist sicher, dass sie eine Sekunde zögert, bevor sie die Hand öffnet.

»Geben Sie her … Das kleinste Indiz kann in diesem Fall …«

Dieses Wort, »Fall«, wird sich Roy ins Gedächtnis einprägen.

Der Wachtmeister beugt sich unter die Glühbirne, die über dem Tisch baumelt. Er entziffert die bleistiftgeschriebenen Worte:

Hof Gros-Noyer in Sainte-Odile, via Fontenay-le-
Comte.
Auf der Straße nach La Rochelle, fünf Kilometer hinter
Fontenay, die Abzweigung nach Maillezais nehmen.

Joséphine ist blass, aber sie ist ja immer blass, vor allem seit in ihren schwarzen Haaren einige weiße Strähnen unübersehbar geworden sind. Sie sagt nichts, zeigt sich völlig ungerührt. Der Wachtmeister jedoch hat gleich gestutzt.

»Haben Sie gesehen, wie dieses Papier aus der Tasche fiel?«

»Nein …«

»Warum haben Sie es aufgehoben?«

»Ich sah etwas Weißes auf dem Boden … Ich hielt es für irgendein Papierchen, das herumliegt …«

»Um wie viel Uhr haben Sie die Küche gekehrt?«

»Nachdem ich das Geschirr gespült hatte … Etwa um zwei Uhr … Danach sind wir auf den Dachboden gegangen …«

»Was hatten Sie mit diesem Zettel vor?«

»Ich weiß es nicht … Ihn Ihnen zu geben …«

»Sehen Sie den Verletzten heute Abend zum ersten Mal?«

»Ja …«

Schweigen. Ein so peinliches Schweigen, dass alle erleichtert sind, als sie Luciles Schritte auf der Treppe hören.

»Ich will zuerst Mademoiselle noch ein paar Fragen stellen … Sie sagten, das Auto von Monsieur Serre habe leicht gebremst …«

Roy ist verwirrt. Komisch, was für falsche Vorstellungen man sich manchmal von den Leuten macht! Er hatte doch auch schon mit Wachtmeister Liberge angestoßen. Auf der Straße grüßte man sich freundlich. Und nun hat er plötzlich einen solchen Respekt vor ihm.

Der Wachtmeister hat die Bewegung seiner Frau bemerkt, darüber besteht kein Zweifel. Deshalb wirft er ihr auch, während er nun Lucile ausfragt, unaufhörlich kurze scharfe Blicke zu.

Man hört, wie ein Fahrrad ans Fenster gestellt wird. Ein Polizist tritt ein, der vom Regen durchnässt ist.

»Die Staatsanwaltschaft kann nicht vor morgen früh kommen … Der Staatsanwalt selbst wünscht, dass Sie ihn heute Abend aufsuchen oder ihm am Telefon Ihren Bericht vorlesen … Ist der Mann tot?«

»Noch lebt er …«

Sechs Uhr fünfzehn. Alle schauen sie gleichzeitig zur Uhr.

Tatsächlich fährt gerade ein Auto vorbei, verlangsamt einen Moment, fährt in Richtung Sainte-Odile weiter.

»Hören Sie, Menaud, wir müssen herausfinden, was das gerade für ein Wagen war ... Er hat ganz eindeutig gebremst ...«

Schnell wird sich herausstellen, dass es nochmals der Lieferwagen von Ligier war, dem Geflügelhändler aus Sainte-Odile. Der Bericht, den Wachtmeister Liberge ohne Hast in seiner ebenmäßigen Schrift mit ihren ausgeprägten Hoch- und Grundstrichen abfasst, wird von vorbildlicher Genauigkeit sein.

Freilich, der Unbekannte bleibt unbekannt. Dennoch lässt sich, anhand seines Fahrrads, eine interessante Spur verfolgen. Das Rad trägt den Namen und die Adresse Périneaus, des Fahrradhändlers aus Fontenay, der auch einen Fahrradverleih betreibt.

Périneaus Laden und Werkstatt liegen an der Rue de la République, dreihundert Meter vom Bahnhof entfernt.

»Der Mann kam gegen zwei Uhr hier vorbei, einige Minuten nach der Ankunft des Zugs aus Velluire ... Er trug einen kleinen Koffer ... So einen Koffer aus Kunstfaser, wie man sie in Kramläden bekommt ... Er wollte für den Nachmittag ein Fahrrad mieten ... Er hat tausend Franc hinterlegt, mit der Bemerkung, er habe kein Kleingeld ...«

»Nahm er seinen Koffer mit?«

»Er hat ihn aufs Lenkrad gelegt ... Er war nicht schwer ... Dann hat er sich nach der Straße in Richtung La Rochelle erkundigt ...«

Der Zug aus Velluire hat Anschluss an den Schnellzug Bordeaux–Nantes ... Der Unbekannte war wie ein Seemann gekleidet ... Wahrscheinlich war er aus Bordeaux gekommen ...

»Hat er die tausend Franc, die er Ihnen gab, einer Brieftasche entnommen?«

»Ich kann mich nicht erinnern ... Ich pumpte gerade die Reifen auf, die etwas wenig Luft hatten ...«

Der Mann nimmt also die Straße nach La Rochelle, biegt fünf Kilometer weiter nach links ab, und schon ist er auf dem Weg nach Sainte-Odile. Ein erster Wagen kommt ihm entgegen, es ist die fatale Begegnung mit dem Auto des Pferdehändlers Serre.

Es ist halb fünf, als Serre am Hof Gros-Noyer vorbeikommt. Er wird behaupten, er habe weder das Fahrrad noch den Mann gesehen, er habe nur sein Tempo gedrosselt, um sich den in der Nacht umgestürzten Nussbaum anzuschauen.

Einige Minuten später fährt Ligier in entgegengesetzter Richtung vorbei.

Und unmittelbar danach bemerkt Lucile Roy den Körper, nun nicht mehr im Straßengraben, wo sie ihn vorher schon gesehen hat, sondern auf der Straße selbst.

Im Wagen hatten Vater und Sohn Ligier gesessen. Das Auto stellten sie nachher in ihre Garage in Sainte-Odile. Die alte Sareau, die in einer Bruchbude neben dieser Garage wohnt, wird aussagen, sie habe den jungen Ligier gesehen, wie er sich am Kotflügel seines Autos zu schaffen machte und daran herumhämmerte. Sie kann auch die genaue Zeit nennen: fünf Minuten nach fünf.

Woraufhin der junge Ligier plötzlich nochmals allein losfährt, über die Straße in Richtung Maillezais zurück nach

Fontenay, um auf dem Weg wieder an Gros-Noyer vorbeizukommen. War er nicht beunruhigt? Wollte er nicht wissen,
was aus dem Verletzten geworden war? Er verlangsamte das
Tempo, weiter nichts. Ohne anzuhalten. Vielleicht sah er die
Autos der beiden Ärzte im Hof stehen?

»Warum sind Sie noch mal nach Fontenay gefahren, wo
Sie doch gerade erst von dort kamen?«

»Ich musste noch etwas erledigen, was ich vergessen
hatte ...«

»Was denn?«

»Na ja, ich wollte meine Freunde in der Eden Bar treffen ... Mit meinem Vater ist es schwer, sich zu amüsie-
ren ...«

Er blieb nur eine Viertelstunde mit seinen Freunden zusammen, die er tatsächlich in der Eden Bar traf und wo er
drei Aperitifs trank.

Die Blicke aller in der Küche Anwesenden richten sich
auf die beiden Ärzte, die die Treppe herunterkommen, der
Chirurg etwas gravitätischer, distanzierter als sein Kollege
aus Maillezais.

»Hören Sie, Roy«, sagt Letzterer. »Wir werden Ihnen
vielleicht zwei oder drei Tage lang lästig fallen, aber wenn
wir ihn jetzt in die Klinik bringen, kommt er dort nicht lebendig an ... Wenn Sie wollen, kann ich Ihnen eine Krankenschwester vorbeischicken ...«

»Muss man ihn pflegen?«, will Joséphine Roy wissen.

»Vor morgen früh nichts Besonderes ... Man muss ihn
nur im Auge behalten ... Aller Wahrscheinlichkeit nach
kommt er nicht zu Bewusstsein ...«

»Dann bleibe ich also in seiner Nähe ...«

Ihr Mann beobachtet sie, aber sie beachtet ihn nicht, scheint ihn herauszufordern.

»Und die Staatsanwaltschaft, Wachtmeister?«

»Kommt morgen früh ... Neun Uhr ...«

»Ich werde meinen Arztbericht vorbeibringen ... Was die Kopfverletzung betrifft, kann ich noch nichts Genaues sagen ... Fest steht, dass ihm ein Auto über die Beine gefahren ist, ein Auto mit auffällig großen Rädern ...«

»Ein Lieferwagen zum Beispiel?«

»Möglicherweise, ja ...«

»Trinken Sie ein Gläschen, Doktor?«

Der aus Maillezais würde gerne annehmen, aber im Beisein des Chirurgen aus Fontenay ...

»Danke ... Falls etwas Unvorhergesehenes geschehen sollte ...«

»Ich habe die Stute ...«, sagt Roy.

Die beiden Ärzte unterhalten sich noch eine Weile auf dem Hof, der eine zündet seine Pfeife an, der andere eine Zigarette, die Scheinwerfer leuchten auf, und die beiden Autos fahren rückwärts hinaus.

Der Wachtmeister schließt sein Notizbuch mit einem Gummiband, überlegt kurz wegen der Banknoten, nimmt sie schließlich mit.

Nun ist niemand mehr hier, der nicht zum Haus gehörte, außer dem Fremden, der reglos oben im Zimmer der verstorbenen Madame Roy liegt, Clémentine Roy, gottergeben in ihrem vierundsechzigsten Jahr dahingegangen, nach langer und schmerzhafter Krankheit.

Joséphine räumt die schmutzigen Gläser und die fast leere

Flasche vom Tisch. Der alte Roy kommt aus dem Viehstall zurück und zieht an der Tür seine Holzschuhe aus.

Es gibt keine Suppe, kein Gemüse. Joséphine steigt auf einen Stuhl, um den angeschnittenen Schinken vom Haken zu nehmen, und sagt zu Lucile:

»Deck den Tisch ...«

Keiner hat mehr ein Gefühl für die Zeit, und jeder ist überrascht, dass die Zeiger der Wanduhr erst auf acht Uhr stehen.

Merkwürdige Stimmung: Die Blicke suchen sich, weichen einander aus, gleiten weiter, bleiben an irgendetwas hängen, suchen sich wieder und huschen weiter, kaum sind sie sich begegnet.

»Ich möchte keine Eier«, erklärt Étienne Roy, als seine Frau über der Bratpfanne Eier aufschlägt.

Und die Tochter zuckt zusammen, denn es hat wie eine Drohung geklungen. Und das war es wohl auch, sogar der Alte hat es so empfunden und fängt an, mit seinen Gedanken abzuschweifen. Unwillkürlich spitzt jeder die Ohren, aber von oben ist kein Laut zu hören.

2

Wer vermag von sich schon zu behaupten, er wisse, was im Kopf eines andern vorgeht? Selbst in dem der eigenen Frau. Ja, in dem seines Hundes ...

Sie lagen nebeneinander im Bett, demselben Bett, das sie seit zweiundzwanzig Jahren teilten. Joséphine hatte mit der gewohnten Bewegung die Lampe gelöscht.

»Gute Nacht.«

»Gute Nacht.«

Ein Geräusch aus dem Pferdestall: Die Stute hatte mit dem Huf gegen die Holzwand getreten. Dann wieder Stille. Ein unendlicher feuchter Frieden lag über den weiten Sümpfen der Vendée, über dem Atlantik und weiter im Landesinnern über den Pappelalleen der Bocage-Landschaft, über den Wäldern und den im Morast sich duckenden Häusern, wo Schulter an Schulter die Menschen schliefen und wo nur Licht brannte, wenn man über Tote oder Kranke zu wachen hatte.

Étienne lag mit offenen Augen da.

Und neben ihm lag mit offenen Augen Joséphine.

Sie konnten einander sehen, zwei sich kaum vom Dunkel des Zimmers abhebende Gestalten im Lichtschimmer, der unter der Tür hereindrang. Denn nebenan, im einstigen Zimmer der Großmutter, hielt Lucile als Erste Wache beim Verletzten, sie hatte sich dazu bereit erklärt. Sie hatten eine

Nachtlampe gebastelt, aus einem Glas, mit ein wenig Öl und einem auf einem Schwimmer befestigten Docht, etwa so wie ein Tabernakellicht, und Lucile saß nun steif in einem unbequemen Lehnstuhl und las angestrengt in einem jener kleinen Romane, die sie immer aus Fontenay heimbrachte, wenn sie dort etwas zu besorgen hatte.

Warum wohl sagte Joséphine Roy plötzlich in diese über allem liegende Stille hinein:

»Ich möchte wissen, wer ihm unsere Adresse gegeben hat ...«

Wollte sie ihren Mann hinters Licht führen? Vorgeben, sie wäre ruhigen Gewissens, hätte nichts zu verbergen und nie die Absicht gehabt, den Zettel in ihrer Faust verschwinden zu lassen?

Étienne tat so, als ob er schliefe. Aber sie wusste, dass er wach war. Was dachte er? Was dachten sie voneinander, die beiden, die so ins Dunkel starrten?

Später, gegen zwei Uhr, merkte Étienne nicht, wie seine Frau aufstand, um Lucile abzulösen. Er erwachte wie gewohnt, machte Licht, ging hinunter und stapfte in Holzschuhen über den aufgeweichten Hof, wo der Tag erst als Versprechen in der Luft lag.

Sie waren zu dritt im Stall: der alte Roy schon unter einer Kuh, Lucile unter einer andern, schließlich Étienne, in dessen Schnurrbart kleine Tautropfen hingen.

Dann kam man wieder bei Tisch zusammen, mit der sonntäglich von Kopf bis Fuß schwarz gekleideten Joséphine, die ein Messbuch mit Filzumschlag in der Hand hielt, denn sie war schon von der Frühmesse zurück. Niemand sagte mehr als das Allernötigste, alltägliche Sätze, die sich auf die Versorgung der Tiere bezogen oder aufs Essen, das man gerade einnahm.

»Komische Leute sind das ...«, würde noch am selben Morgen der Staatsanwalt sagen, im Glauben, man höre ihn nicht.

Genauer noch, er sagte mit Blick auf Étienne:

»Komischer Kauz!«

Aber Étienne verstand sehr wohl, eben weil er argwöhnte, was man alles über ihn sagen könnte, genauso wie es ihm Jahre zuvor nicht entgangen war, was der junge Léveillé gesagt hatte, als er das Café verließ:

»Ein wunderlicher Typ ...«

Was in der landläufigen Ausdrucksweise so viel hieß wie ein wenig verrückt.

Er stieg nicht hinauf, um sich umzuziehen, denn er ging nicht zur Messe. Auch sein Vater nicht, aber der begab sich, sobald die Hauptmesse aus war, zu seiner Skatrunde, und er ließ es sich nicht nehmen, sich allwöchentlich in seinen Sonntagsstaat zu werfen, und sei es nur auf eine Stunde.

Wachtmeister Liberge traf als Erster ein, auf seinem Fahrrad. Am Abend zuvor hatte er hier in der Küche gesessen, hatte sich an dem Cognac bedient. Warum blieb er nun, an diesem schmutziggrauen Morgen, draußen, hundert Meter vom Haus entfernt, sodass es beinahe so aussah, als versteckte er sich?

Joséphine, wieder im Werktagsgewand, nahm den Küchenboden feucht auf, dann wischte sie Staub in der Stube. Lucile zog sich für die Hauptmesse um. Étienne kehrte im Hof mit einer Gabel Mist zusammen.

Und nun hing der Himmel so tief, als ob die Wolken das

27

Land erdrücken wollten, sodass, als die ersten beiden Autos vorgefahren und ihre Insassen ausgestiegen waren, die Herren auf der Straße beieinanderstanden und missmutig die düsteren Felder, die feuchtweichen Wiesen und den Saum der Bäume betrachteten, deren Wipfel sich im weißgrauen Dunst verloren.

Eine Stunde später sah das Straßenstück vor dem Haus aus wie bei dem Radrennen, das alljährlich bei Wind und Wetter am Tag des Dorffests abgehalten wurde. Da trugen immer alle ihre besten Kleider, und das ganze Dorf lief zusammen, um hinter einer Absperrung auf die vier oder fünf fipsigen Rennfahrer zu warten, die die Rundstrecke über Montreuil, Vix und Le Pont-aux-Chèvres abfuhren.

Zwischen den Hosenbeinen der Erwachsenen krabbelten die Kleinen; ihre älteren Brüder mit den pomadig steifen Frisuren lachten lauthals mit den Mädchen.

Doktor Naulet blieb eine Viertelstunde draußen mit den Herren, bevor er hereinkam, und dann fragte er Joséphine gleichmütig:

»Er ist noch nicht gestorben?«

Immer mehr Neugierige kamen aus Sainte-Odile, sogar aus Saint-Pierre-le-Vieux. Ein Polizist fuhr mit dem Fahrrad dauernd hin und her, schließlich kam er mit dem jungen Ligier im Lieferwagen zurück. Die Leute schauten Ligier schon so an, als ob er mit einem Bein im Gefängnis stünde.

»Wo ist Ihr Vater?«

»Er ist zu Hause geblieben. Er hat sich heute Morgen nicht gut gefühlt ...«

Ligier gab sich großmäulig, warf aber gleichzeitig bange Blicke in die Runde. Ein schlaues Kerlchen, wie sein Vater.

»Wachtmeister ... Lassen Sie ihn holen ... Wo ist das Mädchen?«

Und die Herren versenkten sich in die Betrachtung der Fassade dieses Bauernhofs, einer eindrücklichen grauen Fassade aus dem achtzehnten Jahrhundert; einer zeigte auf das Rundfenster, und der Wachtmeister nickte zustimmend.

All das interessierte Étienne Roy herzlich wenig; für ihn war das alles nur ein großes Getue. Lauter Leute, die er nie zuvor gesehen hatte, gingen bei ihm ein und aus.

»Haben Sie vielleicht ein Metermaß?«

Wieder andere kamen herein, gingen herum, ohne sich die Schuhe abzuputzen, ohne um Erlaubnis zu fragen. Einer, vermutlich der Richter, blieb vor einem alten Teller auf der Anrichte stehen, rief einen der Seinen herbei, und sie unterhielten sich darüber. Sie winkten den Besitzer herbei.

»Sagen Sie ... Ist der echt?«

Krähen durchkreuzten den Himmel. Auch die Menschen waren, weil Sonntag war, rabenschwarz angezogen. Jemand legte die Kleider des Verletzten auf der Böschung aus. Lucile stand dabei ohne Anzeichen einer Gefühlsregung und wies mit dem Finger auf die genaue Stelle. Der alte Ligier – er gestikulierte mit den Armen – wurde herbeigeführt. Die beiden Ligiers stiegen in den Lieferwagen, der zunächst aus irgendeinem Grund nicht anspringen wollte, dann jedoch plötzlich rückwärts lostuckerte.

Étienne hielt sich im Hintergrund. Er wollte gar nicht näher kommen, sondern sah vom Hof aus zu. Zwei-, dreimal wurde die Vorbeifahrt der Ligiers nachgestellt; jemand stoppte die Zeit, wie bei einem Rennen.

»Sagen Sie, mein Guter ...«

Warum »mein Guter«? Étienne blickte müde zum Staatsanwalt auf, der zum Mittagessen in der Stadt verabredet war.

»Es gibt doch hier sicher ein Zimmer, in dem wir die ersten Vernehmungen durchführen können?«

Die Tür zur guten Stube wurde geöffnet, und es schlug einem gleichsam der Atem des Hauses, der Atem der Vorfahren, entgegen. Auf den alten, polierten Möbeln, den vergilbten Tapeten an den Wänden hatte sich die ganze Familiengeschichte eingeschrieben, in den Porträts, den Ziergegenständen, die seit eh und je am selben Platz standen und die, jeder für sich, an ein besonderes Ereignis, eine Hochzeit, eine Geburt, einen Todesfall erinnerten.

»Liberge!«, rief der Staatsanwalt. »Wir richten uns hier ein ... Ich darf doch wohl die Fensterläden aufmachen? ...«

Er machte sich daran zu schaffen, aber es gelang ihm nicht, denn sie wurden im Jahr keine drei Mal geöffnet. Liberge kam ihm zu Hilfe, und der Staatsanwalt machte das Fenster auf, ließ die frische feuchte Luft hereinströmen, rückte die Vasen beiseite, den Tischläufer, breitete seine Papiere aus und verschob sämtliche Stühle.

Es war in diesem Moment, kurz bevor er Platz nahm, dass der hohe Beamte mit einer Kinnbewegung in Richtung Étienne zum Untersuchungsrichter bemerkte:

»Komischer Kauz! ...«

Er schaute die Porträts an, als wären es irgendwelche Gegenstände, die man in einem Kaufhaus erstehen kann. Der alte Roy, der eben aus dem Dorf zurückkehrte, wo er ein Gläschen getrunken hatte, war ihm so einerlei wie jeder andere sonntäglich daherkommende Alte.

»Setzen Sie sich, Mademoiselle ... Der Protokollführer

wird Ihnen den Bericht des Wachtmeisters von der Orts-
polizei vorlesen, soweit er Sie betrifft, und Sie werden das
Protokoll Ihrer Vernehmung dann bitte unterschreiben ...
Falls Sie etwas hinzuzufügen haben ...«

Der Gendarm verscheuchte die Jungen, die sich vor den
Simsen der beiden offenen Fenster drängten, während sich
die Erwachsenen etwas im Hintergrund hielten. In einer der
Menschentrauben sah man die beiden Ligiers gestikulieren.

*»Am heutigen einundzwanzigsten Oktober, um halb fünf
Uhr nachmittags, war ich mit meiner Mutter auf dem Dachboden beschäftigt ...«*

Roy sah sich nach Joséphine um. Sie stand unter der Tür,
und ihre Blicke begegneten sich; Roy wich als Erster aus
und ließ den Blick weiterwandern, bis dieser auf seinen Vater traf.

Was hatte dieser Staatsanwalt gesagt, der noch kein einziges Mal in Sainte-Odile gewesen war und der, während der
Protokollführer las, einen Ziergegenstand nach dem andern
befingerte?

Komischer Kauz! ...

Ohne überhaupt zu wissen, dass ... All diese Leute da
draußen auf der Straße hingegen, die Alten im Dorf, sie
wussten es! Sie wussten, weshalb Étienne nicht so war wie
die andern, warum er so oft den Eindruck erweckte, er erwartete einen Schlag, der nicht kam.

Dabei hatte er sehr wohl einen Schlag eingesteckt, und
was für einen! Nicht von der Art zwar wie jener, der den
Schädelbruch des Verletzten verursacht hatte, aber er war
damals noch keine elf gewesen.

Es war auf dem Dorffest gewesen. Der alte Roy, damals

noch nicht alt, hatte die Bäckerstochter, die junge Nivet, vom Tanzboden geholt und war mit ihr irgendwo verschwunden.

Jeder hatte ein wenig getrunken. Die Scheune, in der getanzt wurde, roch säuerlich nach Fusel und lauem Bier. Zwischen den Hosenbeinen der Großen tummelten sich Kinder, so wie sie es auch jetzt auf der Straße taten, und niemand war da, der sie zu Bett gebracht hätte.

Als der alte Roy zurückgekommen war, mit trunkenem Blick, gefolgt von dem Mädchen, das noch ganz rot im Gesicht war, erwartete ihn Nivet wutentbrannt, die Hände zu Fäusten geballt, und stellte ihn zur Rede.

»Einer wie du, Roy, verstehst du, ein Knecht, der die Tochter des Bauern heiratet und sich dann das Kind eines andern unterschieben lässt ...«

Keiner gab auf den Jungen acht, außer einem seiner Kameraden, der inzwischen auch erwachsen war und der eben jetzt vor dem Fenster stand, Bertrand, der Schmied.

»Hörst du?«

»Was soll ich hören?«

»Was Nivet zu deinem Vater sagt, der gar nicht dein Vater ist ...«

Davon wissen Sie nichts, Herr Staatsanwalt, und deshalb schauen Sie dieses Haus so neugierig an und denken, was für ein komisches Haus das ist.

Zwischen den beiden Roys, Évariste und Étienne, sind diese Dinge nie zur Sprache gekommen.

Weiß der Alte, Évariste, dass Étienne es weiß?

Sie leben seit einundvierzig Jahren zusammen; sie essen am selben Tisch, reden über das Vieh, gerade gestern erst haben sie über den Hafer gesprochen, den sie aussäen werden, sobald es etwas trockener wird, vermutlich zur Mondwende; aber keiner der beiden weiß, ob der andere es weiß.

Damals jedenfalls, am Scheunentor, hat Évariste Roy nichts abgestritten und zog unter allgemeinem Gelächter ab.

Auch darum ist er im Haus gleichsam ein Knecht geblieben, darum will er vielleicht, dass es so bleibt, schläft im schlechtesten Zimmer und nimmt sich der schmutzigsten Arbeiten an.

Étienne und Bertrand, der Schmied, haben zusammen in Montpellier den Wehrdienst absolviert. Eines Abends, nach ein paar Gläsern, hat sich Étienne zu fragen getraut:

»Weißt du, wer es war?«

»Es hieß damals, es sei ein Mann aus Paris gewesen, ein Zahnarzt, verheiratet, der seine Ferien bei uns in der Gegend verbrachte, die Familie der Frau habe von hier gestammt ... Das Haus der Gauchers, sagt man ... Es ist inzwischen verkauft worden ...«

Das Porträt hängt an der Wand; der Staatsanwalt mustert es gerade, oder vielmehr wundert er sich über die sonderbare Frisur der abgebildeten Frau, ohne zu wissen, dass diese kleine, verrunzelte Person fast zwanzig Jahre lang allein in jenem Zimmer gelebt hat, in welchem nun der Verletzte liegt, krank und gelähmt.

»... Nachdem ich die Kleider in die Küche von Monsieur Roy gebracht hatte und in Anwesenheit des Genannten, seiner Frau, geborene Violet, sowie ihrer bereits erwähnten Tochter, begann ich mit der systematischen Untersuchung der Taschen oben genannter Kleider und entnahm ihnen mehrere Gegenstände, die ich im Folgenden aufliste:

33

… Tausendfrancscheine, anliegend deren Nummern …

… ein feuchtes Taschentuch, das aber keinerlei Blutspuren aufwies …«

Warum starrt der alte Roy Étienne durch den ganzen großen Raum hinweg an?

»… Im Augenblick, als ich diese Gegenstände auf dem Tisch ausbreitete, sah ich, wie Madame Roy, geborene Violet, sich bückte, um etwas aufzuheben. Ich beobachtete sie insgeheim und hatte dabei den Eindruck, dass sie meinem wachsamen Auge den Zettel, den sie in der Hand hielt, vorzuenthalten versuchte. Ich bat sie, ihn mir auszuhändigen, worauf ich feststellte, dass darauf, mit Bleistift geschrieben, die genaue Adresse des Hofs Gros-Noyer stand …«

Der Staatsanwalt dreht sich mit teilnahmsloser Miene zu Joséphine Roy um. Das Protokoll wird weiterverlesen. Erst ganz zuletzt fragt er eher beiläufig:

»Sie wussten um diesen Zettel?«

»Nein, Monsieur.«

»Sie hoben ihn auf, so wie Sie auch irgendetwas anderes, das auf dem Boden herumliegt, aufgehoben hätten?«

»Ja, Monsieur.«

»War es Ihre Absicht, ihn verschwinden zu lassen, bevor der Wachtmeister ihn sich ansehen konnte?«

»Nein.«

Ein Schulterzucken, mit dem der Staatsanwalt zu sagen scheint:

›Natürlich nicht!‹

Er neigt sich zum Untersuchungsrichter hinüber, um ihm leise etwas zu sagen. Der Richter nickt.

»Wollen Sie jetzt Madame …« – der Wachtmeister flüstert ihm den Namen zu – »... Madame Sareau hereinbitten ...«

Der Anblick der benebelten Frau scheint ihn zu befremden, dabei ist sie jeden Abend stockbetrunken.

Die Sache mit dem Zettel ist für ihn offenbar erledigt. Nur etwas interessiert ihn, der Fall Ligier, wie man ihn jetzt schon nennt.

Haben Vater und Sohn Ligier, als sie mit ihrem Lieferwagen am Gehöft vorbeikamen, einen Unbekannten umgefahren oder einen bereits daliegenden Mann überfahren?

Haben sie anschließend, wie Madame Sareau behauptet, in ihrer Garage versucht, die Spuren zu verwischen, die der Zusammenprall möglicherweise auf dem Kotflügel des Lieferwagens hinterlassen hatte?

Hat sich der junge Ligier daraufhin – entgegen seinen Gewohnheiten – ein zweites Mal nach Fontenay begeben, nur weil er nochmals an Gros-Noyer vorbeifahren wollte, um herauszufinden, was aus seinem Opfer geworden war?

Hatte der Verletzte, als der Unfall geschah, den vom Fahrradhändler beschriebenen Handkoffer noch bei sich, und wenn ja, wer hat ihn an sich genommen?

Draußen durchsuchen Polizisten den Straßengraben und das etwas tiefer liegende Feld. Oben ist im Beisein Doktor Naulets, der in der Küche den Alten diskret um einen Cognac gebeten hat, ein Fotograf an der Arbeit.

»Ihr Name, Vorname, Alter, Personenstand ...«

Beim Verhör der alten Sareau brechen die Leute vor dem Fenster immer wieder in helles Gelächter aus; sie gefällt sich in ihrer Rolle und spielt, vom Erfolg beflügelt, die komische Nudel.

Als die Glocken von Sainte-Odile mit Schwung einsetzen – es ist Mittag, und der Himmel ist etwas lichter geworden, sodass darunter die nasse Straße aufglänzt wie die Oberfläche eines Weihers –, lässt man es dabei bewenden. Die Schaulustigen entfernen sich in kleinen Gruppen, einige drehen sich noch einmal um.

»Kann ich gehen?«, fragt Ligier, der Wichtigtuer, die Kurbel seines Lieferwagens in der Hand.

»Unter der Bedingung, dass Sie den Bezirk nicht verlassen, ohne es der Polizei vorher zu melden …«

»Und wie soll ich meine Hühner in Challans holen?«

In einer Ecke stecken der Staatsanwalt, der Richter und der Arzt die Köpfe zusammen. Achselzucken.

»Na gut …«

Und der Staatsanwalt ruft, als wären sie alte Bekannte:

»Roy! … Sie können ganz offen auf meine Frage antworten … Der Arzt meint, die Wahrscheinlichkeit, dass unser Patient davonkommt, sei sehr gering – höchstens drei Prozent … Und wenn wir ihn jetzt in seinem Zustand zum Krankenhaus fahren, hat er keine Chance mehr … Trotzdem möchten wir nicht, dass er Ihrer Frau zur Last fällt …«

Madame Roy ist dazugekommen. Selbst in ihrem Werktagskleid, selbst wenn sie gerade melken geht, sieht sie nicht aus wie eine Bäuerin, sondern eher wie eine Bürgersfrau vom Land, und sie ist auch mit vierzig noch eine Schönheit, vor allem ihre brennend schwarzen Augen sind schön.

»Er soll nur hierbleiben, Herr Staatsanwalt … Meine Tochter und ich werden uns um ihn kümmern.«

Da ihr Mann nicht geantwortet hat, sieht ihn der Staatsanwalt an.

»Soll er bleiben«, murmelt Roy.

»Ich danke Ihnen ... Nun denn, meine Herrschaften, so haben wir uns nur noch zu entschuldigen für die ...«

Für die Unordnung, die sie in der Stube hinterlassen, die zerknüllten Papiere auf dem Boden, die Zigarren- und Zigarettenkippen, die beiden offen stehenden Fenster und die Wasserflecken überall ...

Und so verabschiedet sich der Staatsanwalt von Joséphine auf eine übertrieben ehrerbietige Weise; er macht also keinen Unterschied zwischen dieser Bäuerin und einer Dame aus der Stadt.

Trotz des Durcheinanders im Haus hat Joséphine Roy ein Bohnengericht mit Pökelfleisch zustande gebracht. Sie schließt Fenster und Türen, deckt den Tisch. Der alte Roy raucht einstweilen wie üblich draußen seine Pfeife, und wenn er sich gleich zu Tisch setzt, wird er sein Taschenmesser aufklappen und neben seinen Teller legen.

»Hast du nach den Kaninchen gesehen? Was macht das Weibchen?«, fragt Joséphine ihre Tochter.

»Es ist bald so weit«, antwortet Lucile und nimmt sich von den Bohnen.

Man hört noch ein paar Autogeräusche, ferne Stimmen, die sich etwas zurufen.

Und der alte Roy schaut unter seinen dichten grauen Augenbrauen hervor, die lang wie Schnurrbarthaare sind. Sein Blick ist auf Étienne gerichtet.

Warum wohl denkt dieser, während er isst:

›Von dem Kaninchenwurf werden alle verrecken!‹

Er weiß, dass keines der Jungen überleben wird! Das ist nicht irgendeine flatterhafte Idee. Andere, wie der alte Micou auf dem Gut Moulin-Vert etwa, können einem auch im Voraus ankündigen:

»Gegen Abend wird der Wind drehen ...«

Ohne überhaupt zum Himmel aufzublicken.

Étienne Roy hat immer so etwas wie einen Unglückssinn gehabt, so etwas wie eine Last, die ihm plötzlich auf die Schultern fällt. Vielleicht rührt jener Zug ins Hinterhältige, den man an ihm zu entdecken glaubt, daher, dass er nicht weiß, von welcher Seite der Schlag kommen wird?

Schon als kleiner Junge auf dem Schulweg, in Holzschuhen und Windjacke, kam ihm plötzlich und grundlos der Gedanke:

›Heute passiert etwas Schlimmes ...‹

Und dann erhielt er schlechte Noten oder schlug sich in der Pause mit seinen Kameraden und kam blutend oder mit zerrissenen Kleidern nach Hause!

Beim Wehrdienst war der Feldwebel nicht sonderlich gut auf ihn zu sprechen, und die meisten seiner Zimmergenossen auch nicht.

›Das wird schlimm enden ...‹

Er hatte sich eine Brustfellentzündung zugezogen, die ihn drei Monate ans Krankenhausbett gefesselt hatte. Noch jetzt, zwanzig Jahre später, kam es vor, dass er tagelang schwer husten musste.

»Sie sind überzeugt, dass es Ligier war ...«, sagt Lucile.

Alle blicken sie an. Niemand hat danach gefragt, was sie denkt. Zwischen den Bewohnern des Bauernhofs ragen hohe Mauern auf.

Und dabei ist es der schönste Hof der ganzen Gegend,

der bestgeführte Haushalt. Nirgendwo sonst bei den Bauern im Marais oder im Bocage ist die Küche so sauber, so einladend, die Bettwäsche so weiß, sind die Böden so perfekt gebohnert, und Roy ist dafür bekannt, das schönste Geflügel, das beste Ochsengespann, den gepflegtesten Wein zu haben, den er bis zu sechsmal abzieht.

»Es sind Birnen von Gros-Noyer«, sagen die Leute – und es klingt wie ein frommer Spruch.

Die Roys waren die Ersten, die feines Gemüse, Erbsen, grüne Bohnen und Tomaten anbauten; auf dem Markt findet man Schnittblumen von ihnen.

Der Fall Ligier nimmt seinen Lauf. Morgen früh werden die Zeitungen über den staatsanwaltlichen Lokaltermin berichten, das Bild des Verunglückten bringen sowie eines vom Lieferwagen, mit Ligier an der Wagentür, im Hintergrund das Haus.

Polizisten werden die Bahnbeamten ausfragen, und in Bordeaux wird man das Foto des Unbekannten in den Hotels vorzeigen, bei den Zimmerwirtinnen und überall dort, wo die Seeleute verkehren.

Was weiß man schon? Nichts!

Wozu kam dieser Mann nach Sainte-Odile, genauer, zum Hof Gros-Noyer, und weshalb trug er sechzig Tausendfrancscheine bei sich?

Was ist aus seinem Handkoffer geworden, in dem vermutlich auch seine Papiere lagen oder doch zumindest irgendetwas, was seine Identifizierung erleichtert hätte?

In einem Punkt hat der Untersuchungsrichter vorhin nicht lockergelassen.

»Eine Frage, Roy ... Als Sie sich zum Verletzten begaben,

hatten Sie eine Stalllaterne in der Hand ... Ein wie großes Stück der Straße beleuchtet diese Laterne?«

»Ich weiß nicht ... Vielleicht einen Kreis von drei Metern ...«

»Durchmesser oder Umfang?«

Das weiß er noch weniger.

»Sind Sie sicher, dass da nicht noch etwas anderes als der Körper lag, zum Beispiel ein kleiner Koffer?«

»Ganz sicher! ...«

»Ihr Vater war bei Ihnen ... Gab es einen Moment, in dem Sie beide sich voneinander entfernt haben? ...«

Étienne Roy wird unwillig. Er hat den Koffer nicht gesehen. Und er war es auch nicht, der ihn genommen hat. Was soll's, wenn man ihm nicht glaubt! Und es wird bestimmt Leute geben, die ihm nicht glauben, selbst Joséphine hat wahrscheinlich ihre Zweifel.

»Sie haben diesen Mann noch nie gesehen, und sein Gesicht sagt Ihnen nichts? ...«

»Nein, Monsieur!«

Rein gar nichts. Und doch hat er ihn angestarrt, sein Gesicht mit brennender Neugier fixiert, ob sich da nicht vielleicht eine Ähnlichkeit findet, eine Ähnlichkeit mit Lucile. Aber, nein. Zwar gleicht Lucile auch ihm nicht, aber dem Matrosen, wie die Zeitungen den Unbekannten von Gros-Noyer nennen werden, ähnelt sie genauso wenig.

Sie gleicht ihrer Mutter. Nur ihrer Mutter.

Und ihre Mutter, verstehen Sie, Herr Richter – aber das geht Sie im Grunde gar nichts an –, ihre Mutter ist von einem andern Schlag als Sie und ich, sie ist ein Schlag für sich.

Sie empfinden das nicht? Sie sind erstaunt? Weil Sie ihr nicht richtig in die Augen sehen.

Im Übrigen ist sie so wie alle andern, eigentlich besser als die andern, besser jedenfalls als die Weiber vom Land. Das Haus ist nur so ordentlich, so sauber, weil sie ihren Willen durchsetzt. Wenn Gros-Noyer eher einem Bürgerhaus gleicht als einem Bauernhof, dann liegt das an ihr. Wenn der Tisch mit einem Tischtuch und mit gutem Besteck gedeckt ist und nur der alte Roy zum Essen sein Taschenmesser benutzt, dann ist auch das ihr Verdienst!

Damit hat damals sicher niemand gerechnet!

Denn als Étienne sie heimführte, wie man sagt, war das ...

Sehen Sie doch selbst in Ihren Akten nach, unter dem Namen Violet. Eher in den Akten der Polizei von Nantes. Dort finden Sie nicht nur einen Violet, sondern eine ganze Sippe.

Woher diese Sippe stammt, tut nichts zur Sache. Auch Sie haben diese Leute sicher schon einmal gesehen, wie sie in ihren absonderlichen Fuhrwerken von Viehmarkt zu Viehmarkt ziehen; sie sind zehn oder fünfzehn, lassen sich kaum zählen, denn sie schwärmen auseinander und finden wieder zusammen wie Blutkörperchen, eine Sippe eben, die Seidenstrümpfe und Nähfaden verkauft, Bettlaken und Rasierklingen, unter dem Zeltdach, das am Rand der Marktplätze aufgeschlagen wird.

So eine hat Étienne geheiratet. Er hat sie in La Roche-sur-Yon kennengelernt, als er dort eine Stute kaufen ging. Joséphine war schlank, hatte eine nervöse, ironische Art. Sie machte sich eine Stunde lang über ihn lustig, und dann sah er sie monatelang nicht wieder, dachte aber unaufhörlich an sie.

Sie zog, ohne es zu wissen, in seine Nähe. Er traf sie wenige Kilometer von Gros-Noyer entfernt wieder, in Fontenay-le-Comte im Gasthof Trois Pigeons beim Markt, wo er jeden Samstag einkehrte, und nun war sie dort Kellnerin geworden.

Und ihre Sippe, wo war die damals? Wo ist sie heute? Erinnert sich Joséphine überhaupt an ihre Verwandten?

Er war sehr linkisch aus Angst vor möglichen Spötteleien, schüchtern, weil er stets auf eine Katastrophe gefasst war. Er setzte sich allein in eine Ecke der Gaststube, in die dunkelste Ecke. Er trank, was sie ihm eben hinstellte. Er sah zu, wie sie von Tisch zu Tisch ging, in ihrem schwarzen seidenen Faltenrock, mit ihren langen, ruhelosen Beinen.

Sie wusste nicht, wer er war. Sie deutete bei andern zu ihm hinüber, und dann wurde leise über ihn gesprochen. Als sie vor ihm stand, hoch aufgerichtet, mit ihren immer leicht feuchten Lippen, sah er sie flehentlich an.

»Warum nicht?«, stammelte er.

Sie wusste genau, worauf er hinauswollte. Es verlangte ihn geradezu schmerzhaft nach ihr, es zog und zerrte an seinem Leib.

»Wann?«

Er hätte alles darum gegeben …

»Einmal, nur ein einziges Mal …«

»Vielleicht …«

»Wann?«

»Ich weiß nicht …«

Jeder Vorwand war ihm damals recht, um nach Fontenay zu gehen, Tag für Tag. Er kam sich lächerlich vor. Er wusste, dass es ein Fehler war. Abends blieb er bis zuletzt, und dem

Wirt des Trois Pigeons entging der Grund für seine Anwesenheit natürlich nicht.

»Heute?«

»Vielleicht morgen ...«

Eines Abends endlich flüsterte sie ihm zu:

»Verlang ein Zimmer ... Ich werde dich hinaufbegleiten ...«

Er musste noch die Stute unterbringen, die vor dem Gasthof stand, und dem Wirt etwas von einem losen Hufeisen vorschwindeln ... Eine steile, dunkle Treppe ... Joséphine ging mit einer flackernden Kerze voran, die große bewegte Schatten auf die Wand warf ...

»Leg dich schon hin ... Dann komme ich vielleicht, bald ...«

Er hatte eine Stunde gewartet. Die Wirtsleute schliefen im Nebenzimmer. Endlich ging die Tür auf. Das Mädchen flüsterte:

»Bist du nicht im Bett?«

Dann hatte sie drei Wochen lang nichts mehr von ihm wissen wollen. Dann ...

Es machte ihn richtig krank. Die Vorstellung, nochmals von vorn beginnen zu können, nur ein einziges Mal noch eine solche Nacht zu erleben, die umso unwirklicher schien, als sie ganz leise sein mussten, um die nebenan hinter einer dünnen Wand schlafenden Wirtsleute nicht aufzuwecken! ...

»Hör zu, Joséphine ... Es muss sein, verstehst du, koste es, was es wolle, es muss sein, dass du und ich ...«

Ein Taumel ergriff ihn, den er sehr wohl kannte, das Gefühl der greifbar nahen Katastrophe!

»Ich muss dich heiraten …«

Es war sie, Joséphine Roy, die nun auf dem Hof Gros-Noyer mit einer so selbstverständlich wirkenden Würde waltete. Sie war, ohne sich darum bemüht zu haben, praktisch von einem Tag auf den andern zur Hausherrin geworden, als wäre es ihr von jeher bestimmt gewesen.

Lucile kam etwas zu früh zur Welt, nicht viel, vierzehn Tage nur, und der Arzt – es war noch nicht Doktor Naulet – hatte versichert, das komme häufig vor. Das Kind hatte bei der Geburt einen weinroten Fleck, groß wie ein Zehnsoustück, auf der linken Wange. Aber wie der Arzt ebenfalls vorausgesagt hatte, war dieser Fleck immer undeutlicher geworden, und nun sah er nur noch wie ein etwas unregelmäßiger Schönheitsfleck aus.

Joséphine machte sich noch an diesem Nachmittag daran, die von den Ermittlungsbeamten halb verwüstet zurückgelassene Stube wieder in Ordnung zu bringen. Und Étienne Roy hatte keinen Anlass, ins Dorf zu gehen, wo im Wirtshaus vermutlich die Kommentare zum Fall Ligier nur so hin und her flogen.

Er ging in den Hof, dann auf die Tenne, hielt inne und begann schließlich die Fässer zu waschen, die er brauchte, um nach Neumond den Wein abzuziehen.

Lucile half der Mutter. Nie ging sie zum Tanzen ins Dorf. Und noch nie hatte man sie zusammen mit einem Jungen gesehen. Wenn sie eine Stunde nichts zu tun hatte, verbrachte sie diese mit Lesen, vertiefte sich immer in jene kleinen Romane, die sie in Fontenay kaufte, und hätte wohl am liebsten noch beim Melken weitergelesen.

War es nicht zumindest merkwürdig, dass auch der

Wachtmeister Joséphines rasche Bewegung bemerkt hatte?
Er hatte sie sogar in seinem Bericht erwähnt!

Gewiss, der Staatsanwalt hatte nur die Schultern gezuckt.

Aber was wusste er schon, dieser Mann, der wahrscheinlich in Paris oder Lyon oder Lille aufgewachsen war?

Eines nach dem andern rollte Étienne Roy an diesem Sonntagnachmittag die Fässer heran und füllte sie mit dem Schlauch, während der alte Roy, schon wieder im Sonntagsstaat, nachdem er die Tiere versorgt hatte, ins Wirtshaus nach Sainte-Odile abzog.

3

Hü, Graue! …«
Die Stute reckte den Hals, es sah aus, als senkte sich einen Moment ihr Hinterteil, die Hufe lösten sich einer nach dem andern aus dem morastigen Boden unten beim Graben, und los ging's, ein weiteres Mal über das Feld. Étienne Roy schaukelte auf dem schmalen Metallsitz der Drillmaschine hin und her, vor und zurück und löste mit der gewohnten Handbewegung den prasselnden Regen der Haferkörner aus.

Wie lange mochte er schon so über seinen Acker ziehen, hin und her, von oben, in der Nähe des Hauses, bis hierher, wo der Graben von einer Reihe Pappeln gesäumt wurde? Zunächst den ganzen Morgen. Der ewig gleiche Trott. Vor sich die Landschaft, die jedes Mal, wie in einem Bilderbuch, das man durchblättert, auf einen Schlag wechselte, wenn er wieder an einem Ende angelangt war: einmal das Bild des lehmigen abfallenden Feldes, eingefriedet von der langen Hecke, in welche die Amseln flink schlüpften, und den flirrenden Pappeln, von denen sich manchmal einige Blätter lösten und im Wind flatterten wie Vögel; dann wieder die Rückansicht des Dorfes mit seinen niedrigen eingeschossigen Häusern, dazwischen kleine Höfe oder Gärtchen und dort der junge Chaillou, der seinen Acker pflügte.

Der Himmel veränderte sich ebenso schnell wie die

Landschaft. Plötzlich brach die Sonne durch die dicken weißen, höchstens in ihrem Innern leicht grauen Wolken und tauchte alles in goldenes Licht, aber im nächsten Augenblick fiel schon wieder Regen, in langen, schrägen Tropfen.

»Hü, Graue! ...«

Und von hinten, aus kaum zwanzig Metern Entfernung, wie ein Echo die Stimme des alten Roy:

»Vogel! ... Brauner! ...«

Denn hinter der Drillmaschine wurde die Egge von einem Ochsengespann vorbeigezogen.

»Vogel! ... Brauner! ...«

Der alte Roy ging neben seinen Tieren her, im Gleichschritt mit ihnen, zog ein Bein nach dem andern aus der lockeren Erde, wie die Stute, während sein Stock im Takt den Widerrist der Ochsen antippte.

Und so den ganzen Vormittag; einer hinter dem andern. Um zwei Uhr hatten sie sich wieder an die Arbeit gemacht, und nun neigte sich die Sonne schon, es blieben nur noch drei Bahnen, die Bewegungen der Tiere wurden langsamer.

Der eine saß schaukelnd auf dem Metallsitz; der andere schritt weit aus.

Und jeweils am Ende einer Bahn, einmal auf der Seite des Hauses, dann wieder beim Graben unten, kamen sie aneinander vorbei, mit leerem, starrem Blick.

»Hü, Graue! ...«

Auf Gros-Noyer hatte es immer eine graue Stute gegeben. Zuerst jene, die Étienne dreiundzwanzig Jahre zuvor in La Roche-sur-Yon gekauft hatte. Weshalb war er auf den Markt in La Roche gefahren, anstatt etwa den in Niort oder

Marans abzuwarten? Damals, an jenem sonnigen Tag, hatte er Joséphine kennengelernt.

Diese Graue war es auch, die erste – sie hatte einen weißen Stern auf der Stirn –, die den Wagen gezogen hatte, als sich Étienne eines Nachts halb verrückt vor Unruhe nach Maillezais aufgemacht hatte, um den Arzt zu rufen, weil Luciles Geburt bevorstand.

Dann hatte man, nachdem die Graue in einem Graben ertrunken war, ihr ältestes Fohlen behalten und ihm den Namen Grisette gegeben.

In Grisettes Nachkommenschaft gab es nur ein einziges Stutenfüllen, dem man den Namen der Großmutter gab, und diese Graue war es, mit der Étienne nun sein Feld bestellte.

Drei Stuten, drei Pferdeleben, und noch immer derselbe Mann in derselben Landschaft, zwischen denselben Bäumen, bis auf den großen Nussbaum, den der Sturm gefällt hatte.

Die Gedanken gehen zuletzt auch im Kreise, werden schwankend wie die Drillmaschine, die von ihren großen Eisenrädern durchgeschüttelt wird.

Bei jeder Wende unten am Graben, wenn wieder das Dorf ins Blickfeld rückt, sucht Étienne Roys Blick eine Dienstmütze, eine schwarze Uniform mit Silberstreifen; denn seit zwei Tagen treibt sich Liberge in der Gegend herum.

Natürlich, er befasst sich mit dem Fall Ligier. Allein an diesem Morgen ist er zweimal in Ligiers Werkstatt gegangen, während die beiden in Maillezais waren. Eine gute Weile blieb er im Gärtchen der Mutter Sareau, die ihr Kohlbeet hackte.

Trotzdem ist sich Roy bewusst, dass das wahre Seilziehen zwischen dem Wachtmeister und ihm stattfindet. Sie halten Ausschau nacheinander, tasten sich aus der Ferne ab. Von Zeit zu Zeit bleibt der Wachtmeister hinter irgendeiner Hausecke oder irgendwo auf der Landstraße stehen und schaut zum Feld hinüber, wo die beiden Männer seit Stunden ihre Bahnen ziehen, der eine auf der Drillmaschine, der andere neben seinen Ochsen.

Früher oder später muss es zur Begegnung kommen. Der Wachtmeister wartet. Noch zwei Saatreihen … Noch eine … Die Räder der Drillmaschine streifen schon die Weißdornhecke, und nur noch wenige Meter trennen Roy von Chaillou, der nebenan pflügt.

Drei Pferdeleben in einem Menschenleben! … Die Graue, dann Grisette und schließlich wieder die Graue, mit der gleichen Blesse zwischen den Augen wie jene, die ertrunken ist …

Es ist mindestens eine Stunde her, seit das Auto von Doktor Naulet zum ersten Mal vor dem Haus hielt. Kurz darauf fuhr der Arzt wieder weg, um bei der Post erneut anzuhalten. Er musste telefonieren, und auf Gros-Noyer gibt es kein Telefon. Dann ist er zurückgekommen. Und wenig später kam ein anderes Auto, ein größeres, glänzenderes, aus Fontenay-le-Comte angesaust: das des Chirurgen.

In den vergangenen drei Tagen hat Étienne Roy nicht ein einziges Mal das Zimmer des Verunglückten betreten. Die Frauen nehmen sich seiner an. Vor allem Lucile, das muss erwähnt werden, die Stunde um Stunde lesend am Kopfende seines Bettes verbringt.

Warum heiratet Lucile nicht, so wie alle andern? Weshalb

geht sie nicht mit jungen Kerlen? Irgendetwas ist vorgefallen, als sie sechzehn war und immerzu mit dem Fahrrad unterwegs. Aber was denn eigentlich? Man weiß nur, dass sie täglich in den Wald von Mervent fuhr.

Es besteht kein Zweifel, der Wachtmeister wartet auf ihn. Er versucht es nicht mehr zu verbergen. Dort steht er am Rand des Feldes, die Mütze in die Stirn gezogen, der letzten Sonnenstrahlen wegen, die ihn in rotes Licht hüllen.

»Hü, Graue! ...«

Mit einem Ruck wird das Gefährt die Böschung hinaufbefördert.

»Guten Tag, Roy ...«

»Guten Tag, Wachtmeister ...«

Und beide schauen möglichst unschuldig drein, wie auf dem Viehmarkt, wenn stundenlang um die Tiere gefeilscht wird.

»Schönes Wetter heute ... Sicher günstig für die Haferaussaat ...«

In den tiefen Spuren auf dem Weg zum Hof kommen die Räder ins Rutschen, drehen durch, und Liberge macht einen kleinen Satz zur Seite, damit seine schönen schwarzen Stiefel nicht schmutzig werden.

»Anscheinend gibt's Neuigkeiten, vorhin ist nämlich der Chirurg gekommen ... Vielleicht ist der Mann nun doch gestorben? ...«

Er weiß, dass dem nicht so ist. Er redet nur, um zu reden, um Roy auszuhorchen. Wenn ein Mann mit einer solchen Verletzung nach drei Tagen nicht gestorben ist, wird er überleben.

»Hü! ... Hü! ...«

Roy springt ab. Sein Vater kommt langsam nach.

Liberge schaut zu, wie die Stute abgeschirrt und zur Tränke geführt wird.

»Hören Sie mal, Roy ...«

»Ja, Wachtmeister? ...«

Étienne blickt ihn verstohlen an, während er das Geschirr in den Stall bringt, und bestimmt denkt Liberge deshalb, er habe etwas zu verbergen.

»Wollen wir nicht auf ein Glas ins Wirtshaus? ...«

Was so viel heißt wie:

›Auf Gros-Noyer sind wir nicht ungestört ... Ich weiß, dass Sie hier gar nicht richtig zu Hause sind, denn Ihre Frau sagt, wo's langgeht, und wenn sie uns in der Küche hört, kommt sie bestimmt gleich dazu ... Ich möchte mich aber von Mann zu Mann unterhalten ...‹

Worauf Roy betont gleichgültig die Bemerkung fallenlässt:

»Wie Sie möchten!«

Er zieht ein Bein nach, das etwas steif geworden ist. In der Küche ist niemand, die Ärzte und die beiden Frauen sind also oben. Die Straße ist beinahe trocken, nur ein paar feuchte Flecken, wie auf einer Tapete.

»Nun, wie sieht's aus?«, fragt Roy, als sie schon ein Stück Weg zurückgelegt haben.

»Es war Ligier«, sagt der Wachtmeister kurz. »Es war ganz bestimmt Ligier. Wir haben die Räder von Serres Wagen untersucht – von denen ist der Mann nicht überfahren worden. Es war der Lieferwagen. Sobald der junge Ligier aus Maillezais zurückkommt, muss ich ihn nach Fontenay-le-Comte abführen ...«

Roys Augen richten sich auf den Wachtmeister, und dieser antwortet mit einer Gebärde der rechten Hand, die bedeutet:

›In Handschellen!‹

Roy bleibt teilnahmslos. Vollkommen gleichgültig. Sie gehen immer noch, sind endlich da, und der Wachtmeister öffnet die Wirtshaustür, lässt seinem Begleiter den Vortritt.

»Was trinken wir?«

»Ein Glas Wein …«

Der Saal ist leer. Sie lassen sich neben dem Fenster nieder, die Wirtin geht in den Keller, um die Karaffe zu füllen, dann verschwindet sie in der Küche, wo auf dem Herd eine Suppe kocht.

»Auf Ihr Wohl, Roy …«

»Auf das Ihre, Wachtmeister …«

Sie werden wohl oder übel darauf zu sprechen kommen müssen. Und so geschieht es denn auch. Der Wachtmeister, den Blick der Schmiede draußen zugewandt, wo zwei Männer im Halbdunkel hantieren, fängt an:

»Nun, Roy … Mir ist die Sache im Kopf herumgegangen; all die Fragen, die sich dabei stellen … Und da bin ich auf einen Gedanken gekommen … Es geht um den Mann, verstehen Sie … Falls er nicht stirbt, ist es ohnehin überflüssig, denn dann wird er uns ja sagen, wer er ist …«

Étienne hat die Augen weit aufgerissen, und je gleichgültiger er scheinen möchte, desto starrer wird sein Blick.

»Ja, sicher wird er es uns sagen …«

»Wenn er allerdings vorher stirbt … Da ist dann immer noch jener Zettel, der ihm aus der Tasche gefallen ist …«

Die Tischfläche ist glatt poliert von all den Ellbogen, die

schon darauf herumgerutscht sind. Die Wände haben einen dunkelgrünen Anstrich, und schon immer, seit hundert Jahren vielleicht oder noch länger, hängen dort das vertraute Reklameschild mit den Früchten und dem Aperitifkrug und, rechts vom Kamin, der schwarz-golden gerahmte Gesetzestext über Trunkenheit in der Öffentlichkeit.

»Ich habe mir die Sache also durch den Kopf gehen lassen, und … Wir wissen ja mancherlei, so ist es doch … Und es hat nichts Ehrenrühriges, wenn ich jetzt sage, dass der alte Roy immer hinter den Weibern her war … Das ist ein offenes Geheimnis …«

Sein Blick flackert, als er ihn einen Moment lang auf Étienne ruhen lässt.

»… Er hat es wohl manchmal etwas gar bunt getrieben …«

Daran ist nicht zu rütteln. Wenn es auch nicht stimmt, dass der alte Roy *immer* hinter den Weibern her war. Es war nur zu einer gewissen Zeit; angefangen hat es vielleicht zwei oder drei Jahre nach seiner Heirat. Damals hat er auch begonnen, sein Äußeres zu vernachlässigen. Étienne hat davon reden hören. Sein erstes Opfer war eine junge Magd, die zu der Zeit auf Gros-Noyer diente. Sie war keine sechzehn, und es gab Ärger deswegen. Das Mädchen verschwand, und angeblich hat Roy ihr eine Abfindung zahlen müssen, weil sie ein Kind von ihm bekam.

»Verstehen Sie, was ich sagen will?«

Auch heute noch, wenn er ein Glas oder zwei getrunken hat, ist der alte Roy hinter den Mädchen her, dass das halbe Dorf darüber lacht. Hat er sich nicht vor zehn Jahren noch manchmal zur alten Sareau geschlichen?

»Ich habe mir gesagt, einmal angenommen, Vater Roy

hätte seinerzeit ... Aber eben! ... Der Mann ist nach Auskunft der Ärzte mindestens dreiunddreißig Jahre alt ... Man müsste also davon ausgehen, Ihr Vater hätte das Kind erst sehr spät gezeugt, ohne dass jemand etwas mitgekriegt hat ... Oder er hätte den Vater dieses Kindes sehr früh gezeugt ... Oder es ist noch komplizierter ... Nicht dass ich irgendetwas behaupten will! ... Das ist einfach mal nur so dahingesagt, nicht wahr? ... Ich möchte nicht, dass Sie den Eindruck haben, ich mischte mich in Dinge ein, die mich nichts angehen ...«

»Das ist Ihre Sache, Wachtmeister ...«, seufzt Roy einfältig.

Genau deshalb behaupten einige, er sei hinterhältig, und andere, er sei falsch. Aber jetzt ist es der Wachtmeister, der als Erster gelogen hat, Étienne spürt es.

»Auf Ihr Wohl! ... Wir können gerne ein andermal darüber reden ... Madame Nicou ... Noch ein Glas, bitte ... Ehrlich gesagt, wenn ich so etwas sehe, einen, den hier keiner kennt, und dann plötzlich ist er da, in einer Gegend, die nichts Anziehendes für Fremde hat ... Sei's drum! Ich lese Ihnen mal etwas vor, was morgen in der Zeitung stehen wird ... Es ist also keine Indiskretion ...«

Er zieht sein Notizbuch aus der Jacke hervor, entfaltet ein Blatt:

Größe: 1,76 m.
Vermutliches Alter: dreiunddreißig bis vierunddreißig
Jahre.
Ein oberer seitlicher Schneidezahn ist aus Gold ...

Der Wachtmeister hält es für angebracht, den entsprechenden Zahn in seinem eigenen Gebiss zu zeigen.

Die Hände, die recht gepflegt und nicht schwielig sind, lassen darauf schließen, dass der Unbekannte trotz seiner Seemannskleidung nie schwere Arbeit verrichtet hat. Hingegen deutet manches, unter anderem die vergrößerte Leber, darauf hin, dass der Mann längere Zeit in einem tropischen Land gelebt hat.
Seine Kleider, die allem Anschein nach nicht länger als einen Monat getragen worden sind, stammen aus Amerika. Es handelt sich um Kleidung einer bedeutenden Firma, deren Produkte in verschiedenen Ländern verbreitet sind, in Europa allerdings eher selten.

Der Wachtmeister zwinkert mit den Augen.

»Die sind nicht dumm, die Leute von der Kriminalpolizei! In Bordeaux haben sie schon den Beamten ausfindig gemacht, der am Bahnhof die Fahrkarte nach Fontenay ausgestellt hat. Der Beamte erinnert sich an den Mann, weil dieser, als er kein passendes Kleingeld fand, aus seiner Tasche ein ganzes Bündel mit Banknoten hervorholte, das mit einem roten Gummiband zusammengehalten wurde. Schließlich fand er das nötige Kleingeld doch noch in einer anderen Tasche. Nun sind zufällig am Tag zuvor gleichzeitig zwei Passagierschiffe in Bordeaux angekommen, die Asia, ein Schiff der Chargeurs Réunis, die aus Pointe-Noire kam und sämtliche Häfen Westafrikas angelaufen hatte, und die Wisconsin, die via Panamakanal aus San Francisco kam ... Leider sind beide Schiffe schon wieder ausgelaufen ...«

Hört Roy überhaupt zu? Liberge ist hartnäckig:

»Was halten Sie davon?«

Der andere antwortet unbestimmt:

»Ah ja …«

»Stellen Sie sich vor, irgendwo in Afrika oder in Amerika gibt es womöglich jemanden, der den Namen Ihres Vaters kennt … Können Sie meinen Gedanken nachvollziehen? … Wenn es nicht er selbst ist, der gekommen ist, hätte er immer noch einen Kameraden beauftragen können, der gerade nach Frankreich zurückkehren wollte … Oder? … Sehen Sie, es will mir nicht aus dem Kopf, dass dieser Mann jemanden auf Gros-Noyer besuchen kam … Deshalb wollte ich mich mit Ihnen darüber unterhalten … Wo Sie doch da wohnen … Ich bin bestimmt der Letzte, Roy, der Ihnen Verdruss bereiten möchte … Ihr Vater hatte es mit Frauen aus Fontenay, überhaupt aus der ganzen Gegend …«

Roy steht auf und klopft mit einer Münze auf den Tisch.

»Was bin ich schuldig?«

»Nicht doch, das geht auf meine Rechnung …«

Roy legt sein Geld einfach hin, reicht ihm eine schlaffe Hand.

»Ich muss jetzt nach Hause gehen, Wachtmeister … Guten Abend! …«

Draußen kommt gerade der Lieferwagen der Ligiers angefahren.

Der junge Ligier weiß noch nicht, dass man ihn festnehmen wird, aber er scheint es zu ahnen. Vor seinem Haus lädt er einige Lattenkisten aus dem Wagen und blickt dabei unruhig um sich.

Roy geht weiter, und sein Gang hat immer noch etwas von dem langsamen Schwanken der Drillmaschine, die er den ganzen Tag gesteuert hat.

Warum nur hat sich der schlaue Liberge bemüßigt gefühlt, ihm diesen Unsinn zu erzählen?

Es ist fast dunkel, als Roy zu Hause eintrifft. Die beiden Autos stehen immer noch vor dem Gatter. Durch die Fensterläden im ersten Stock dringt Licht, und auch im Stall, wo der Vater allein am Melken ist, sieht man einen rötlichen Schein. In der Küche ist niemand, aber von der Stube her öffnet sich die Tür. Joséphine sagt ganz ruhig:

»Komm herein ... Die Herren warten schon auf dich ...«

Er streift gewissenhaft die Schuhsohlen am Kratzeisen ab und hängt seine Mütze an den Kleiderständer. Die alte Petroleumhängelampe, die auf elektrisches Licht umgerüstet wurde, wirft rosarotes Licht in das Zimmer mit den blank polierten Möbeln.

»Nur herein, Roy«, sagt Doktor Naulet in vertraulichem Ton.

Man hat ihnen einen alten Pinot hingestellt. Lucile, die auch dabei ist, sieht resoluter aus als sonst.

»Ich will mich kurz fassen, Roy ... Mein Kollege und ich wollten nichts beschließen, solange Sie nicht da sind ... Entgegen allen Erwartungen macht es den Anschein, als käme der Verletzte durch ...«

Roy möchte sich ganz natürlich geben, aber er spürt den neugierigen Blick des Chirurgen auf sich, und er errät, dass dieser genau wie der Staatsanwalt denkt:

›Komischer Kauz! ...‹

»Er ist nicht mehr im Koma, aber auch noch nicht wieder zu Bewusstsein gekommen … Wenn er zuweilen die Augen aufschlägt, scheint er einem kindlichen Schrecken ausgeliefert zu sein … Selbstverständlich ist Doktor Berthomé bereit, ihn in seiner Klinik aufzunehmen …«

Roy sieht die beiden Frauen an und begegnet dem brennenden Blick seiner Tochter.

»Und ebendies habe ich vorhin vorgeschlagen, woraufhin mich die beiden Damen fragten, ob es nicht besser sei, wenn er hierbliebe … Ich fühlte bei ihnen etwas wie …«

Er stockt. Lucile sagt mutig:

»Er ist bei uns besser aufgehoben …«

Joséphine schweigt und starrt auf den Tisch, auf die Gläser, wohl ohne sie wahrzunehmen.

»Bis der Mann«, fährt der Arzt fort, »wieder zu Bewusstsein kommt und uns selbst mitteilen kann, was er will, sehen wir keinen Nachteil darin, wenn er auf Gros-Noyer bleibt, vorausgesetzt natürlich, dass Sie Ihrerseits …«

Étienne antwortet mit einer Frage:

»Warum sollte er nicht bleiben?«

»Sie sind ein guter Mann, Roy … Ich habe nicht daran gezweifelt … Und Ihre Tochter hat sich ja als ideale Krankenschwester entpuppt …«

›Schwätzer!‹, denkt Étienne Roy, schenkt sich aus purer Höflichkeit einen Fingerbreit Pinot ein und stößt mit den beiden Ärzten an.

Und weiter geht's! Da die Herren sich nun doch zum Aufbruch entschlossen haben, ist es an der Zeit, dem Alten beim Melken zur Hand zu gehen.

Seine Frau bereitet das Abendessen. Lucile geht mit Roy,

nimmt die beiden Melkschemel mit. Auch sie hat das Bedürfnis zu reden. Alle reden zu viel, wie Leute, die etwas zu verbergen haben.

»Nur wenn ich bei ihm bin, hat er keine Angst ...«, sagt sie.

Derweilen hat sich da unten, hinter der Wegbiegung, das ganze Dorf auf der dunklen Landstraße versammelt, um dabei zu sein, wenn der junge Ligier abgeführt wird, und der spielt den Pfiffigen, feixt und macht Scherze, während seine schwangere Frau in die Schürze weint.

Auf Gros-Noyer werden die Kühe gemolken. Dann hört man das Dröhnen der Milchschleuder in der Milchkammer, die unmittelbar neben der Küche liegt. Die Familie setzt sich zu Tisch, das Taschenmesser des Alten liegt schon neben seinem Teller.

Was dem Wachtmeister wohl durch den Kopf geht? Etwa dasselbe wie Étienne Roy?

Es gibt Männer, die jahrelang nichts ahnend vor sich hin leben, während rings um sie jeder Bescheid weiß. Bei dieser Vorstellung bricht Roy der Schweiß aus, und seine Hand zittert. Sein Vater zum Beispiel! ... Jahrelang, jedenfalls zwei oder drei Jahre lang, wusste er von nichts ... Er spazierte in der Welt herum und erzählte jedem von seinem Sohn ... Abends trug er ihn auf seinen Schultern umher ... Zur Taufe hatte er sich einen neuen Anzug gekauft, und er war an jenem Tag so rundum glücklich, dass seine Schnurrbartenden vor Freude bebten ...

Aber alle, die dabei waren und sich an seinen Torten und Kuchen gütlich taten, von seinem Wein und seinem Schnaps tranken, ihn beglückwünschten und ihm, als sie erst ein we-

59

nig angeheitert waren, auf die Schulter klopften, allesamt kannten sie die Wahrheit.

Wie er sie schließlich erfahren hatte, wusste Étienne nicht. Durch Zufall vermutlich … Irgendjemand wird hinter seinem Rücken einen Scherz gewagt haben, oder der Alkohol hatte einem die Zunge gelöst.

All das hat nichts zu bedeuten. Auch er, Étienne, war am Tag von Luciles Taufe halb verrückt vor Freude, und selbst später noch, bei der Erstkommunion, hatte er sich brandneu eingekleidet. Sie waren sogar alle zusammen nach Fontenay gefahren – und zwar mit Grisette! –, um sich fotografieren zu lassen.

Und doch hatte er damals schon so einen Gedanken. Er hatte ihn immer gehabt. Und dieser war stärker als er. Der Arzt hatte gemeint:

»Es kommt recht häufig vor, dass ein Erstgeborenes zu früh zur Welt kommt …«

Dieser weinrote Fleck auf der Wange, der ließ ihm keine Ruhe; wiederholt war er aus dem Schlaf aufgeschreckt und hatte sich gefragt, wo er ihn schon gesehen hatte. Nur im Schlaf kam er ihm irgendwie bekannt vor. Sobald er die Augen öffnete, war sein Gedächtnis völlig blank. Er schlief wieder ein und versuchte an den Traum von vorher anzuknüpfen, aber nie gelang es ihm, ihn zu Ende zu träumen.

Natürlich ergab es keinen Sinn, ebenso wenig wie das, was ihm der Polizist erzählt hatte. Der Mann war dreiunddreißig Jahre alt. Er konnte nicht Joséphines Sohn sein … Was sollte er nur davon halten? Und warum hatte ihm der Wachtmeister mit solchem Vergnügen diesen Floh ins Ohr gesetzt?

Auch nicht ihr Liebhaber. Völlig ausgeschlossen ... Aber sie hatte nun einmal versucht, den Zettel zu verbergen, der zu Boden gefallen war! ... Er war nicht der Einzige, der es gesehen hatte ... Es stand schwarz auf weiß im Bericht des Polizisten ...

Und jetzt waren die beiden Frauen übereingekommen, den Mann im Haus zu behalten.

Drei Pferdeleben ...

Die erste Stute war tot, ertrunken, als sie achtjährig war ... Die zweite, Grisette, war an den Pferdemetzger verkauft worden, weil sie im Alter ihre Launen bekommen hatte; und schließlich war da die jetzige Graue, man hörte sie mit den Hufen gegen die Trennwand im Pferdestall treten ...

Insgesamt dreiundzwanzig Jahre, vom Markttag in La Roche an gerechnet, und während dieser ganzen dreiundzwanzig Jahre hatte Roy sich nie richtig von seiner Befürchtung zu befreien vermocht.

Man denke nur an den Tag – es war eisiger Winter, alle Gräben zugefroren –, als die Lehrerin Lucile wie ein störrisches Tier nach Hause geschleift hatte, eine Lucile mit verzerrten Zügen, mit hartem, fast boshaftem Blick! Sie war zwölf damals, hatte ihr Abgangszeugnis noch nicht. In der Pause hatte sie sich lautlos an ein molliges, ruhiges Mädchen herangemacht, Céline, die Tochter des Schuhmachers – später, zwei Jahre nach ihrer Heirat, war sie im Wochenbett gestorben –, und hatte versucht, ihr einen großen rostigen Nagel, den sie von der Straße aufgehoben hatte, in den Rücken zu rammen.

»Warum hast du das gemacht?«

»Darum!«

»Was hat dir Céline getan?«

»Nichts!«

»Du hättest sie verletzen können ...«

»Ich habe sie töten wollen, dieses dreckige Biest ...«

Und dabei war Lucile schon damals ein ruhiges Mädchen, nicht anders als heute, wo sie bei Tisch auf jedes Geräusch von oben horchte, bereit, sofort hinaufzugehen, sollte der Verletzte erwachen.

»Was hat dir Céline getan?«

Man hatte lange in sie dringen müssen, bis sie endlich herausrückte:

»Sie ist eine Lügnerin ...«

»Wieso? Was hat sie gesagt?«

»Nichts ...«

Nur die Mädchen aus ihrer Klasse wussten damals, was die arme dicke Céline erzählt hatte, nämlich, dass die kleine Roy eine Herumstreicherin sei und jeden Tag einen Umweg mache, um beim Schreiner vorbeizukommen, in den sie verliebt sei ...

Joséphine Roy aber, die ein mustergültiges Leben und den perfektesten Haushalt in Sainte-Odile führte, wunderte sich nicht lange, sondern entschied ruhig:

»Es ist besser, wenn wir sie in ein Internat geben ...«

Zu den Nonnen in Fontenay-le-Comte ... Ein kostspieliges Pensionat, in das nur Töchter von Ärzten, Notaren und reichen Kaufleuten geschickt wurden. Jeden Sonntag ging man sie dort besuchen. Sie blieb die Alte, war allerdings noch verschlossener, in ihrer Uniform, mit den beiden braunen Zöpfen auf dem Rücken.

Das ging so zwei Jahre, bis die Oberin Étienne Roy in einem Brief zu verstehen gab, dass man es lieber sähe, wenn seine Tochter aus der Lehranstalt austräte, wo *ihr Ungehorsam und ihre Gottlosigkeit sie unerwünscht und als gefährliches Beispiel erscheinen ließen.*

Monsieur,
bedauerlicherweise muss ich Ihnen mitteilen ...

»Was soll's, mein Mädchen ... Jetzt bleibst du eben bei uns ...«

Joséphine nahm diese Vorfälle gelassen hin. Und mit fünfzehn hatte Lucile verkündet:

»Ich möchte einen Maschinenschreib- und Stenographiekurs bei Pigier belegen ...«

»Nach den Herbstferien kannst du anfangen, dein Vater wird dich hinbringen ...«

Und tatsächlich fuhr er sie hin. Es war die neue Graue, die seit der letzten Ernte angespannt wurde. Ob er es wollte oder nicht, er war stolz auf Lucile, denn sie war hübsch.

»Sie wird es wie ihre Kameradinnen vom Land halten. Sie kommt morgens mit dem Fahrrad, isst hier zu Mittag und fährt vor Einbruch der Nacht wieder nach Hause ... In diesem Punkt sind wir sehr strikt ...«

Es war eine Zeit, in der noch mehr durcheinandergeriet. Roy ahnte vage, dass da geschwindelt wurde, dass Lucile in ihren Heften die Noten fälschte, dass sie mitunter am Morgen den Briefträger abpasste.

»Ich habe übrigens gestern in Mervent deine Tochter gesehen! ...«

»Kaum möglich ... Sie hat doch Unterricht ...«

»Na, dann war es eben jemand, der ihr auffällig glich ...«

Weshalb belog man ihn? Warum kannte er nie die Wahrheit? Eines Abends hatte Lucile verkündet:

»Ich gehe nicht mehr zu Pigier ...«

Und ihre Mutter, ohne mit der Wimper zu zucken:

»Was willst du denn machen?«

»Irgendetwas! Kellnerin! Kühe melken ... Was man von mir verlangt ...«

Sie sagte es mit einem Lachen, das weh tat, und sie hatte Ringe unter den Augen. Ohne seiner Frau etwas davon zu sagen, war Roy nach Mervent gefahren, mit der Grauen, selbstverständlich. Man begegnete ihm dort misstrauisch.

»Ein dunkelhaariges junges Mädchen? ... Nein ... Es sei denn, Sie meinen die Freundin von dem Fräulein in der Villa ...«

Eine neue Villa, die sich ein Pariser Architekt erst kürzlich hatte bauen lassen.

Seine Tochter, ein kränkliches Mädchen, hatte Landluft nötig. Er hatte sie zusammen mit seiner Frau an diesen Waldrand ziehen lassen, kam selbst jede Woche auf Besuch und blieb dann zwei, drei Tage.

Wie hatte Lucile Zugang zu dem Haus bekommen? Wo hatte sie das Mädchen kennengelernt?

Roy hatte an der Gittertür geklingelt, er musste sich dazu überwinden, aber er war eben ein Dickschädel. Man hatte ihn in ein neues Empfangszimmer geführt, das nach Eichenholz und Rosen roch.

»Entschuldigen Sie, Madame ... Ich habe gehört, dass meine Tochter ...«

Noch eine Mauer! Immer standen Mauern vor ihm!

»Sie sprechen vermutlich von Lucile? ... Sie kam einige Male hierher, um meine Tochter zu besuchen ...«

Die Frau wandte das Gesicht ab, spielte mit ihrem weißen Angoraschal.

»Ich glaube, sie haben sich zerstritten ... Man macht sich besser nicht zu viele Sorgen um solche Kinderzänkereien ... Meine Tochter braucht Ruhe ... Ihr Kind macht einen eher exaltierten Eindruck ...«

Lucile exaltiert? Sie, die auf Gros-Noyer stundenlang nichts tat als lesen und aus der man kaum ein Wort herausbrachte?

Roy war wirklich ahnungslos! Er würde nie etwas wissen! Beispielsweise, dass Lucile in den Architekten verliebt war, dass sie es, nie um eine Ausrede verlegen, einzurichten verstand, in sein Zimmer zu kommen, wenn er nicht dort war, und dass sie sogar auch schon, unter dem Vorwand, ihrer Freundin zu helfen, sein Bett gemacht hatte ... Dass sie immer gerade auf der Straße stand, wenn er samstags mit dem Auto ankam ...

»Steigen Sie ein, Kleine ...«

Eines Tages schließlich hatte er, als seine Frau und seine Tochter einen Ausflug machten, Lucile allein vorgefunden, eine Lucile in höchster Spannung, deren glühende Blicke ihn herausforderten.

»Hören Sie zu, mein Kind ... So kann das nicht weitergehen ... Ich bitte Sie, das künftig zu unterlassen ...«

Freundlich, aber nachdrücklich hatte er sie vor die Tür gesetzt und am selben Abend in gedämpftem Tonfall eine lange Unterredung mit seiner Frau geführt.

Von all dem wusste Étienne Roy nichts. Sein Sinn für bevorstehende Katastrophen ging nicht so weit, wagte es nicht, so weit zu gehen, und er hatte auch keine Ahnung davon, dass Lucile bei dem Architekten eine Fotografie gestohlen hatte, die sie zwei Jahre lang heimlich aufbewahrte und jeden Abend mit heißen Küssen und Flüchen bedeckte.

Beruhigendes Löffel- und Gabelgeklapper auf Steinguttellern. Und erst die Gerüche, vertrauter noch, der Duft all der Dinge, die man seit je isst, und diese Stille, diese ganz eigene Stille auf Gros-Noyer, ein so dichtes Schweigen, dass man die kreisenden Gedanken wahrzunehmen meint, so wie man in einer klaren Augustnacht plötzlich die lautlose Bewegung eines Insekts verfolgen kann.

Roy hängt seinen Gedanken nach, wie die andern, aber es ist unmöglich herauszufinden, was sie denken.

Was denkt zum Beispiel dieser alte Mann, der so gern unflätig zu den Frauen ist und den Étienne immer Vater genannt hat – was er bis heute tut? Gleich wird er aufstehen, seinen langen, hageren Körper ausstrecken, die Luft durch die Nase hochziehen, sich den Mund mit der Rückseite des Ärmels abwischen und ein kaum hörbares »... Nacht ...« brummen, um dann hinaufzugehen und sich schlafen zu legen, wobei er nicht dieselbe Treppe benutzt wie die andern, sondern die schmale Treppe, die in seine Rumpelkammer führt, gleich neben dem Obstspeicher.

Und was denkt Joséphine, die sich von einem Tag auf den andern dem Haus angepasst hat, in das sie gekommen war, so ähnlich wie manche Tiere einfach die Farbe ihrer Umgebung annehmen?

Keiner findet das Schweigen peinlich. So ist eben die

Stimmung in der Familie. Das Einzige, was Roy zu sagen einfällt, ist:

»Was ist mit dem Kaninchenwurf?«

Joséphine sieht ihre Tochter an, und diese antwortet:

»Sie sind alle tot ...«

Und er ist beinahe froh darüber, er hat es ja geahnt.

»Man müsste Brichoteau ein Männchen abkaufen ...«, murmelt die Mutter.

Brichoteau, der Eisenwarenhändler ... Roy wird morgen bei ihm vorbeischauen ... Dann kann er auch gleich das Geld für die Rechnung eintreiben, die ihm der andere nie bezahlen will, Schlaumeier, der er ist, weil man ja mit der Zeit solche Kleinigkeiten vergisst ...

Das Messinggewicht der Wanduhr sackt plötzlich etwas ab. Im Kranz des großen Zahnrads ist ein Stück herausgebrochen, und zweimal täglich gibt es diesen Ruck.

»Ich habe etwas gehört ...«, sagt Lucile und steht auf, legt ihre Serviette nieder, ohne sie zusammenzurollen und in den Holzring zu stecken.

Sie verschwindet auf leisen Sohlen die Treppe hinauf. Nur Étienne und Joséphine sind noch in der Küche, und als hätte er etwas zu verbergen, stiehlt sich Étienne mit der Erklärung davon:

»Ich will doch mal nachschauen gehen, ob sich die Graue nicht losgerissen hat ...«

Draußen geht der Mond auf, aber man sieht nur einen kleinen, leuchtenden Ausschnitt hinter einer Wolke, die in der Form eines Kontinents über den Himmel zieht.

4

Für Ligier ist es doch gar nicht so schlimm. Aber für seine
arme Frau, die auch noch in anderen Umständen ist ...
Zehnmal am Tag bricht sie mir nichts, dir nichts mitten in
der Arbeit in Tränen aus ...«

Madame Praud weiß Bescheid, denn noch am Tag zuvor
hat sie bei der Frau des Geflügelhändlers Wäsche gewaschen. Heute ist Bügeltag auf Gros-Noyer. Die Küche ist
überheizt, und die feuchte Luft riecht nach verbranntem
Leinzeug.

»Die Frau ist ohnehin nicht bei guter Gesundheit ...«,
fährt Madame Praud fort, während sie zwei Enden eines
Leintuchs fasst, dessen andere Seite Joséphine Roy festhält.

Im Takt zerren sie an dem Laken und falten es dann längs
zusammen.

»Ich frage mich, ob sie fähig sein wird, einen Säugling zu
stillen ...«

Noch einmal längs zusammenfalten, zwei oder drei kleine
Schüttelbewegungen, dann gehen die Frauen aufeinander
zu, um die beiden Enden des Lakens zusammenzulegen,
entfernen sich wieder und vollführen so etwas wie einen
häuslichen Schreittanz.

Was macht es schon, ob Joséphine Roy zuhört oder
nicht? Die Tür zur gebohnerten Treppe steht offen. Gerade
hat Madame Praud sie geschlossen, weil sie sonst immer zu

war, und Joséphine hat mit einer für sie untypischen Gereiztheit gesagt:

»Lassen Sie doch die Tür offen ...«

Sie horcht. Wieder und wieder streckt sie den Hals in Richtung Treppe. Die Leintücher liegen in allmählich höher werdenden Stapeln auf den Strohstühlen.

Der Himmel hängt so niedrig an diesem Samstag, dass er das Haus zu erdrücken scheint. Zwar regnet es nicht, aber es ist, als wären die Uhren, als wäre die Zeit stehen geblieben.

»So redet also dieser arme Mann immer noch nicht?«

Madame Praud hat sieben Kinder, die sie allein durchbringt, indem sie in fast allen Häusern der Gegend die Wäsche macht. Sie kommt morgens, schwarz gekleidet, einen Regenschirm unter dem Arm und einen kleinen schwarzen Hut auf dem Kopf, denn ohne Hut geht sie nie aus dem Haus. Dann zieht sie sich um und beginnt zu arbeiten. Sie weiß im Voraus, was sie zu tun hat. Sie redet, ohne es dabei besonders eilig zu haben, mit langen Pausen, bevor sie mit gleichbleibender Stimme weiterspricht, begeisterungslos; sie redet nicht schlecht von den Leuten, sie lüftet ihre Geheimnisse nicht, sie redet, um zu reden oder vielmehr um sich selbst zu unterhalten, denn oft ist sie auch allein in irgendeiner Waschküche.

Am Abend geht sie wieder, geht mit demselben männlichen Gang davon, und ihr Haus ist immer in Ordnung, ihre Kinder sind sauber und wohlerzogen; der Älteste ist Lehrer in Velluire, eine Tochter arbeitet bei einem Apotheker in Fontenay, die andern machen brav im Lampenschein ihre Schulaufgaben.

Über ihren Mann wird nicht gesprochen. Wozu auch,

da er ohnehin tot ist. Er hat nicht viel getaugt, war immer kränklich. Es ist, wie die Leute sagen, für alle besser, dass er da ist, wo er ist.

Noch ein Leintuch. Der Schreittanz beginnt von vorn, das Laken hebt sich vom schmutzigen Tageslicht als leuchtend weißer Fleck ab.

»Allerdings kann ich nicht recht glauben, dass Ligier, und mag er noch so ein Halunke sein, den Koffer gestohlen hat … Wer sagt, dass der Mann nicht vorher noch anderswo angehalten hat?«

Sieh an! Obwohl sie immer noch auf die Stille oben horcht, hat Joséphine Roy das doch mitbekommen, denn sie antwortet:

»Es gibt einen Zeugen …«

»Einen Zeugen wofür?«

»Der Bahnwärter am Übergang in Fontaines hat ihn vorbeifahren sehen, und da lag der Koffer noch auf der Lenkstange des Fahrrads …«

Oben geht die Tür auf. Tappende Schritte auf der Treppe. Es ist Lucile, die nur so weit herunterkommt, dass man ihre Beine sieht; sie lehnt sich vor.

»Mach die Tür zu …«, flüstert sie.

Joséphine Roys Blick verdüstert sich, aber sie geht doch die Tür schließen. Sie nimmt ein Bügeleisen vom Feuer und tippt es mit dem feuchten Finger an. Madame Praud spürt, dass ihr nun niemand mehr zuhören wird, und nimmt es mit einem abgeklärten Achselzucken hin.

Sie ist keine glückliche, aber auch keine unglückliche Frau. Sie hat sich nie auch nur gefragt, ob sie es sei. Sie legt einen Stapel gefalteten Leinzeugs auf den mit einem dicken, ganz braun gewordenen Molton abgedeckten Tisch und nimmt ihrerseits ein Eisen zur Hand.

Roy ist wieder einmal mit dem Wagen auf den Markt gefahren. Jetzt ist er wohl schon auf dem Rückweg. Hoffentlich hat er den Gruyère nicht vergessen, denn es ist kein Käse mehr im Hause.

Joséphine wird ungeduldig. In kurzen, hastigen Bewegungen fährt sie mit dem Eisen über die Wäsche. Dann stellt sie es unwillig auf den Herd und nimmt ihre Schürze ab.

»Ich gehe meine Tochter ablösen ...«

So ist das nun schon den ganzen Morgen, genau genommen seit neun Uhr früh, seit Doktor Naulet gekommen ist und verkündet hat, nun könne der Verletzte jeden Augenblick das Bewusstsein wiedererlangen.

Madame Praud spürt, dass etwas im Gange ist, dass Mutter und Tochter sich mit einem Argwohn begegnen, der schon an Eifersucht grenzt.

Joséphine geht langsam hinauf, öffnet geräuschlos die Tür, und im selben Augenblick nimmt Lucile hastig die Haltung einer Lesenden ein.

»Ich setze mich für eine Stunde zu ihm ...«, sagt die Mutter.

»Ich hätte es schon noch ausgehalten ...«

Sie beharrt jedoch nicht darauf. Sie geht hinunter, ohne sich anmerken zu lassen, wie wütend sie ist, und nachdem sie in der Küche, wo man schon nichts mehr sieht, das Licht angeknipst hat, beginnt sie ihrerseits zu bügeln.

Und dabei – Doktor Naulet hat es selbst gesagt – ist der Mann mit Lucile am ruhigsten. Zwar schläft er ohnehin den größten Teil des Tages. Aber plötzlich geht etwas wie ein

Beben über sein Gesicht und erfasst seinen Körper, seine Züge verkrampfen sich, gelegentlich schlägt er die Augen auf, manchmal auch nicht, aber man ahnt, dass er leidet, dass er einem bestialischen Schrecken ausgesetzt ist.

Dann nimmt Lucile seine Hand und legt sie zwischen ihre Hände, beugt sich über ihn, sodass ihre Brust seine Schulter berührt. Man möchte meinen, er spüre ihren Atem auf seiner Wange, auf seiner Stirn, denn seine Wimpern zucken, er hebt die Lider, versucht Lucile anzusehen, und wenn er das geschafft hat, scheint er beschwichtigt.

Vielleicht, hat Lucile gedacht, gleicht sie jemandem, den er kennt?

Joséphine hingegen bleibt, wenn sie an seinem Bett wacht, steif im Sessel sitzen, den sie danebengerückt hat; steif und aufrecht und mit einem starren Blick, in dem sich weiß Gott welche Gedanken widerspiegeln. Joséphine mag ihn nicht, dessen ist sich Lucile sicher. Vielleicht verabscheut sie ihn sogar? Aber weshalb hatte sie dann vorgeschlagen, ihn im Haus zu behalten? Sie hat versucht, es auf Lucile zu schieben, aber in Wirklichkeit stammte der Vorschlag von ihr.

»So ist er also, Mademoiselle Lucile, noch nicht wieder zu sich gekommen, der arme Mann?«

»Noch nicht, Madame Praud …«

»Er kann von Glück reden, mit so guten Leuten wie Ihnen …«

Vor dem Fenster trotten die Kühe vorbei. Der alte Roy treibt sie in den Stall. Und nun verliert auch Lucile die Nerven.

›Was haben die nur, alle beide?‹, fragt sich Madame Praud.

Lucile stellt das Eisen auf die Unterlage und verkündet:

»Ich komme gleich wieder ...«

Sie geht hinauf wie ihre Mutter, auf leisen Sohlen. Mit einem Ruck hat sie die Tür sperrangelweit geöffnet und bleibt, plötzlich bleich und am ganzen Körper zitternd, auf der Schwelle stehen.

Joséphine, die sich umgedreht hat und eine kleine Arzneiflasche in der Hand hält, versucht Haltung zu gewinnen.

»Habe ich es doch geahnt! ...«, schreit Lucile in einem Tonfall, den man an ihr gar nicht kennt. »Deswegen hast du mich also weggeschickt, nicht wahr? ... Was ist das? ... Sag! ...«

»Aber was ist denn mit dir, mein Kind? ...«

Lucile hat wirklich etwas Erschreckendes, wie sie plötzlich so außer sich gerät. Ihr Gesichtsausdruck ist streng, sogar böse geworden. Sie denkt nicht daran, die Tür hinter sich zu schließen, sie geht auf ihre Mutter zu und reißt ihr das Fläschchen aus der Hand.

»Gib zu, dass du ihn töten wolltest! ...«

»Bist du wahnsinnig?«

Joséphine ist sich bewusst, dass Madame Praud unten alles hören kann, und sie schließt die Tür.

»Das ist keines der Mittel, die der Arzt verschrieben hat ... Ich habe doch gewusst, dass da etwas vorgeht! ... Was hat er dir getan, sag? ... Bist du vielleicht eifersüchtig, weil du ...«

Joséphine reißt die Augen auf. Nie hätte sie es für möglich gehalten, dass Lucile so jegliche Kontrolle über sich verliert und wie rasend im Zimmer auf und ab geht.

»Lucile! ... Beruhige dich! ... Bitte bleib einen Moment ruhig ...«

Worauf sich Lucile mit bebenden Lippen, als würde sie

gleich in Schluchzen ausbrechen, drohend vor ihre Mutter stellt und ihr mit gehässiger Stimme entgegenschleudert:

»Warum hast du das getan?«

»Ich habe nichts getan ...«

»Was ist in dieser Flasche?«

»Der Heilpraktiker hat sie mir gegeben ...«

Tatsächlich? Das Mädchen verharrt einen Moment wie in einem Schwebezustand, überlegt, welcher Dämon sie getrieben hat. So einfach ist das also! Von jeher hat Joséphine Roy, wann immer einem aus der Familie etwas fehlte oder eines der Tiere krank war, den Heilpraktiker konsultiert. Am Tag zuvor war sie in Fontenay einkaufen und ist dann vermutlich noch bis nach La Folie gegangen, wo er wohnt.

Lucile wird weich, wendet das Gesicht ab, weiß nicht mehr, was sie mit dem Fläschchen in ihrer Hand anfangen soll.

»Ich verstehe nicht, was du dir vorgestellt hast ...«

Ihre Blicke weichen sich aus. Da haben sie's nun: Wegen dieser unsinnigen Szene steht auf einmal etwas zwischen ihnen, etwas Geheimnisvolles, Beunruhigendes, Unsagbares.

»Es soll ihm helfen, wieder zu Sinnen zu kommen ...«

Lucile stellt den Flakon auf den Kaminsims und geht müde, mit hängenden Schultern auf die Tür zu und murmelt:

»Bitte verzeih ... Ich bin nervös ... Sicher das Wetter ...«

Sie hat ihre Hand schon auf den weißen Emaillegriff gelegt.

»Möchtest du nicht hierbleiben?«, fragt die Mutter.

Will sie mit ihr Frieden schließen, etwa so, wie man einem Kind ein Bonbon gibt? Oder hat sie nicht doch ein schlechtes Gewissen? Lucile wagt nicht, ja zu sagen.

»Bleib doch … Du bügelst ja ohnehin nicht besonders gut …«

Und schon bald hört man in der Küche die gleichmäßigen Geräusche der beiden Bügeleisen, die eintönige Stimme Madame Prauds, die Litaneien herzusagen scheint.

Ohne den Verletzten anzusehen, schließt Lucile die Fensterläden, den linken zuerst, dann den rechten. Sie entflammt ein Streichholz und zündet den kurzen Docht an, der auf einer Ölschicht schwimmt. Dann greift sie wie gewohnt zu ihrem Buch, in dem sie schon seit fünf Tagen liest und mit dem sie noch immer nicht zu Ende ist. Sie setzt sich, und gleich darauf schnellt sie wieder hoch, öffnet den Mund, um zu schreien, und so verharrt sie, in höchster Spannung, die Augen weit aufgerissen.

Der Mann im Bett ist erwacht. Diesmal ist es nicht einfach eine seiner üblichen Krisen. Seine Augen sind ganz offen. Er ist ruhig und sieht mit einer gewissen Neugier das Mädchen an, das …

Tränen stürzen ihr aus den Augen. Sie versucht ein Lächeln, um ihn zu beruhigen. Sie hat Angst. Sie hat diesen Moment inbrünstig herbeigewünscht. Sie hat alle möglichen Gelübde getan, auf dass er zu sich komme, wenn sie mit ihm allein im Zimmer ist.

Und jetzt hat sie Angst; wenn sie auf ihre innere Stimme hörte, würde sie zur Tür stürzen und ihre Mutter rufen. Sie weiß nicht, was sie sagt. Was sie sagt, ist lächerlich. Stammelnd setzt sie an:

»Monsieur …«

Und er sieht sie immer noch an. Als sähe er einen Geist. Der Verband um seinen Kopf sieht ein wenig wie ein Turban aus. Er ist stark abgemagert, und auf seinen Wangen sprießt ein feiner blonder Bart.

Sie traut sich nicht mehr, seine Hand zu ergreifen, wie sie es getan hat, als er litt. Sie wagt auch kaum, ihn anzuschauen. Irgendetwas hemmt sie. Was? Das Buch fällt ihr aus der Hand, und sie befürchtet schon, die Mutter könnte, davon aufgeschreckt, heraufkommen. Sie möchte allein sein, und sie hat Angst.

Die Lippen des Mannes haben sich bewegt. Aber er hat nichts gesagt. Merkwürdig, diese Lippen, die sich stumm bewegen, als könnten sie die Laute nicht wiederfinden.

Er scheint sich selbst zu wundern. Er versucht sich aufzurichten. Da beeilt sie sich, ihm zu sagen:

»Sie dürfen sich nicht bewegen …«

›Warum?‹, scheinen seine Augen zu fragen.

Sie versteht die Frage. Sie erklärt es ihm wie einem Kind:

»Sie sollen schön still liegen … Sie sind verletzt worden … Sie sind außer Gefahr, aber Sie müssen noch ganz vorsichtig sein … Der Arzt hat gesagt …«

Er versteht sie, natürlich. Warum legt er die Stirn in Falten? Man könnte meinen, etwas trenne sie, er sei in einem anderen Element, wie ein Fisch in einem Aquarium.

»Wollen Sie etwas trinken?«

Trinken? … Ach ja! Trinken … Was ist das? … Sie reicht ihm das Glas, und er trinkt ganz folgsam, nicht viel, gerade zwei Schlucke, und eine Art Lächeln, noch kaum erkennbar, zeigt sich einen Augenblick auf seinem Gesicht.

Er versucht seine Hand zum Kopf zu heben, aber sie sinkt wieder hinunter, schlaff und klamm. Er betrachtet sie, diese hilflose Hand.

»Bald sind Sie wieder gesund …«, sagt Lucile. »In ein paar Tagen … Sie müssen nur schön ruhig liegen bleiben …«

Ein Gedanke schießt ihr durch den Kopf, weil der Mann so neugierig ihre Lippen anstarrt. Ist er von dem Zusammenstoß taub geworden?

»Hören Sie mich?«, schreit sie.

Und er zuckt zusammen. Er hört also. Er ist nicht taub.

»Verstehen Sie, was ich sage?«

Nun zuckt er nicht mehr zusammen. Er hat weiterhin diesen sanften Ausdruck, ein bisschen stumpfsinnig, und wieder ergreift Lucile Panik, sie geht zur Tür und ruft:

»Maman! … Maman! … Jemand soll kommen! … Schnell! …«

Joséphine Roy eilt herbei. Der Ruf hat so angstvoll geklungen, dass auch Madame Praud hinterherkommt. Die beiden Frauen sehen zunächst nur Lucile, die sich an den Türrahmen drückt und stotternd hervorbringt:

»Da! … Da! …«

Der Mann achtet nicht auf die Frauen. Langsam, mit zögernden, ungeschickten Bewegungen hat er ein Bein unter der Decke hervorgeschoben und versucht nun aufzustehen; wenn man ihn machen lässt, wird er zu Boden fallen.

Es ist Madame Praud, die eingreift und ihm in aller Ruhe zu verstehen gibt:

»Guter Mann, Sie werden sich gleich wehtun … Warten Sie! … Was möchten Sie denn? … Sagen Sie es mir, und ich gebe es Ihnen. Hauptsache, Sie stehen nicht auf …«

Er versteht offenbar nicht, denn er fährt fort in seiner Bewegung.

»Wenn ich Ihnen doch sage, der Arzt hat verboten,

dass Sie aufstehen! … Merken Sie denn nicht, dass Sie zu schwach sind?«

Lucile ringt nach Atem.

»Maman! …«

»Was? …«

»Maman! … Er versteht kein Französisch …«

»So! …«, fährt Madame Praud fort, die es gewohnt ist, Kranke zu besänftigen, und die allen Verstorbenen in der Gegend das Totenhemd anzieht. »So ist es recht! … Sie sehen ja, dass es Ihnen so wohler ist …«

Der Verletzte hat sich wieder hingelegt, aber er schaut sie missbilligend an, wie ein Kind, das eben geschlagen worden ist.

»Haben Sie Durst, Monsieur?«

»Er hat schon getrunken …«, wirft Lucile ein.

»So so …«

Madame Praud blickt sich im Zimmer um, in das kaum Licht fällt, mit dem Unbekannten im Bett, daneben Lucile, die sich fast nicht von ihrer Aufregung erholen kann, und Joséphine Roy, die zur Salzsäule erstarrt scheint.

»So so …«, wiederholt sie und nickt mit dem Kopf.

Es hat sich nun wahrlich gelohnt, sich schon zu freuen und die ganzen Mätzchen zu machen, um nur ja dabei zu sein, wenn der Mann wieder zu Bewusstsein käme! Und nun ist er vielleicht schlicht und einfach ein Schwachsinniger!

»Madame Praud …«, sagt Joséphine Roy tonlos. »Würden Sie bitte zur Post gehen, um Doktor Naulet anzurufen?«

»Und wenn er wieder versuchen sollte, aus dem Bett zu steigen?«

»Keine Angst ...«

Sein Blick folgt ihr, bis sie auf der Treppe verschwindet, und ihr Weggehen scheint ihn zu erleichtern. Er versucht sogar wieder ein Lächeln, als er Lucile ansieht; dann bewegen sich erneut seine Lippen; er stößt unartikulierte Laute aus.

»Beruhigen Sie sich, Monsieur ...«, sagt Joséphine Roy, immer noch ganz fassungslos. »Gleich wird der Arzt kommen ...«

Kaum haben sich Madame Prauds Schritte in der Nacht verloren, hört man die Stute. Joséphine sagt:

»Da kommt dein Vater nach Hause ...«

»Soll er heraufkommen?«

»Ich weiß nicht ...«

Sie sind beide gleichermaßen aufgewühlt, und Madame Praud hatte nicht unrecht: Wenn der Mann wieder aufzustehen versucht, wer weiß, ob sie einzugreifen wagen?

Ist es sein Blick? ... Noch nie haben sie so sanfte Augen gesehen, zu sanfte Augen, beinahe Hundeaugen ... Wie erklären, was dieser Blick ausdrückt? ... Es ist nicht der Blick eines Verrückten, nein! ... Aber da ist so eine Leere, eine Leere und etwas wie ein Hilferuf ...

›Ich weiß, ihr seid gut, ihr wollt mir nicht übel wie diese schwarze Frau, die mich aufs Bett zurückgestoßen hat ... Sagt mir, was ich hier tue ... Erklärt mir, warum ich in diesem halbdunklen Zimmer bin ...‹

Er streicht mit der Hand über seine Wange und befühlt sie, weil er den Bart bemerkt hat.

»Sie sind bei einem Unfall verletzt worden ...«, beginnt Joséphine von neuem.

Dann hält sie es nicht mehr aus.

»Ruf deinen Vater, Lucile!«

Lucile will das Fenster öffnen, denn sie hat die Stute im Hof gehört.

»Nicht von hier aus …«

Warum nicht? Lucile kann sich einen misstrauischen Blick zu ihrer Mutter nicht verkneifen, bevor sie die Treppe hinuntergeht. Rasch entledigt sie sich ihres Auftrags, ruft ihrem Vater von der Küchentür aus ein paar Worte zu, eilt wieder hinauf und wundert sich dann beinahe, dass alles unverändert ist.

Étienne Roy setzt sich unten auf eine Treppenstufe, um seine Schuhe auszuziehen, bevor er die gebohnerte Diele betritt. Sein Gesicht ist etwas röter als an anderen Samstagen, denn er hat eine Stunde lang allein in einer Ecke im Trois Pigeons gesessen und ein Glas nach dem anderen getrunken. Weiß Gott, wie er auf die Idee gekommen ist, wo er doch seit Jahren keinen Fuß mehr dorthinein gesetzt hat, denn Fontenay hat sich verändert, und er hat sich ans Café des Colonnes gewöhnt.

Er ist in seiner Ecke sitzen geblieben …

Jetzt kommt er ins Zimmer, nimmt geistesabwesend seine Mütze ab, sieht erst den Mann, dann seine Frau an. Er brummt:

»Ach so! … Aha … Guten Tag, Monsieur …«

Und was ist denn jetzt los? Warum antwortet ihm niemand? Warum sehen ihn alle an, als hätte er Unsinn geredet? Er wendet sich an Joséphine.

»Ist er nun bei Bewusstsein oder nicht?«

»Madame Praud ist den Arzt anrufen gegangen …«

Gut! Und da versucht der Verletzte wieder, aus dem Bett zu steigen.

»Mach schon etwas, Étienne ...«

»Hören Sie, was meine Frau sagt? Sie dürfen nicht aufstehen ...«

»Leg ihn wieder hin ...«

Er tut es.

»Nicht so grob ...«

»Madame! ... Der Arzt ist gleich da! ...«, ruft von unten Madame Praud. »Soll ich mit der Wäsche weitermachen?«

»Es sind zu viele Leute um ihn herum ...«, hat der Arzt als Erstes stirnrunzelnd erklärt, nachdem er einen Blick auf den Verletzten geworfen hat.

Als alle gleich Anstalten machen hinauszugehen, deutet er auf Joséphine Roy.

»Sie können bleiben ...«

Lucile packt wieder die Wut. Unten sucht Roy nach seinen Holzschuhen und fragt:

»Wie hat es sich denn abgespielt?«

»Ich weiß nicht ... Ich habe mich umgedreht, und da sah er mich an ... Ich glaube, er versteht kein Französisch ...«

»Vielleicht ein Ausländer ...«, bemerkt Madame Praud, die wieder am Bügeln ist.

Roy muss die Stute abschirren und abreiben gehen, sie tränken und ihr ihren Hafer geben. Er geht aus der hellen Küche über den dunklen Hof ins diffuse Licht des Stalls.

»Was ist los?«, fragt der alte Roy, der gerade die Kühe melkt.

»Er ist zu sich gekommen ...«

81

»Und was sagt er?«

»Er spricht nicht …«

Das ist alles. Jeder tut, was er zu tun hat. Lucile füttert die Kaninchen. Die Tür oben geht auf.

»Sind Sie noch da, Madame Praud? … Gehen Sie bitte Doktor Berthomé in Fontenay-le-Comte anrufen? … Nummer hundertachtzehn … Sagen Sie ihm, dass Doktor Naulet ihn braucht … Er soll sofort kommen …«

Madame Praud schüttelt den Kopf. Na, so was! Das ist doch vielleicht eine komische Geschichte, und die ganze Familie hat eine Art, sich aufzuführen … Sie vergisst nicht, ihren Regenschirm mitzunehmen. Dann taucht sie in der Dunkelheit der Landstraße unter.

»Diesmal geben Sie mir bitte die Hundertachtzehn in Fontenay … Ein Doktor allein tut's anscheinend nicht … Seien Sie so gut und sprechen Sie für mich, denn ich und das Telefon …«

Drei- oder viermal kommt Étienne Roy in die Küche und streicht da herum. Er fühlt sich nicht recht wohl. Er hat zu viel getrunken. Zu viel nachgedacht, als er in seiner Ecke saß und auf die genau wie damals aussehende Theke im Trois Pigeons starrte, auf die Kellnerin, die in ihrem schwarzen Kleid und der weißen Schürze von Tisch zu Tisch ging.

Er tut, was zu tun ist, wechselt die Streu, gibt dem Vieh sein Grünfutter. Er hört den großen Wagen Doktor Berthomés im Hof vorfahren. So viele Ärzte hat man auf Gros-Noyer noch nie gesehen. Madame Praud nimmt den Chirurgen in Empfang.

»Sie werden oben erwartet …«

»Neuigkeiten? Geht es ihm schlechter?«

Sie zuckt die Achseln. Dann muss sie sich ein Lächeln verbeißen, weil Joséphine Roy herunterkommt. Die Ärzte wollten sie nicht oben behalten. Was wird sie wütend sein! Nicht dass Madame Praud eine boshafte Person wäre, aber dass man Joséphine Roy vor die Tür setzt, wo sie doch so darauf aus war zu bleiben, das ist schon ...

»Was sagt er?«

»Lassen Sie es mit dem Bügeln für heute gut sein, Madame Praud ... Ich mache den Rest selber am Montag ...«

»Na gut ... Wie Sie wünschen ...«

Der Wachtmeister hatte im Café gesessen, als die Wäscherin zweimal nacheinander das Postamt betrat. Er erkundigt sich dort, was los war, und schwingt sich dann auf sein Fahrrad. Da steht er nun an der Stalltür; auch Lucile ist zum Melken gekommen, und so sind bis auf Joséphine alle hier versammelt.

»Sieht also danach aus, als wär's ein Ausländer, Roy?«

Étienne knurrt irgendetwas zur Antwort. Keiner lädt den Wachtmeister zum Bleiben ein. Aber daran ist er gewöhnt. Er dreht sich, an den Türrahmen gelehnt, ruhig eine Zigarette.

Joséphine hat die Wäsche und den Molton vom Tisch genommen. Sie bereitet das Abendessen, deckt den Tisch. Doktor Naulet geht an ihr vorbei.

»Sind Sie fertig?«

»Ich bin gleich zurück ...«

Er gibt sich sehr geschäftig, tut wichtig. Er fährt im Auto weg, und zehn Minuten später ist er wieder da.

»Wenn Doktor Coutand kommt, lassen Sie ihn bitte heraufkommen ...«

Dann werden sie also zu dritt bei dem Mann sein. Was haben sie mit ihm im Sinn?

Doktor Coutand fährt vor. In seinem Wagen sitzt ein junges Mädchen – vielleicht einfach seine Tochter? – und bleibt dort sitzen. Er selbst ist klein, nervös, zappelig.

»Meine Kollegen?«, fragt er gleich unter der Tür.

Kaum hat man ihm die Treppe gezeigt, ist er schon, zwei Stufen auf einmal nehmend, hinaufgestürzt. Wortfetzen dringen herunter. Sie diskutieren. Einer lacht. Man könnte meinen, sie kümmerten sich nicht mehr um den Verletzten.

Joséphine, die gerade die Suppe passiert, fährt hoch. Sie hat einen Hauch kühlerer Luft gespürt. Die Tür ist geräuschlos aufgegangen. Es ist Étienne, der auf der Schwelle stehen bleibt, die Hand am Türgriff.

Er sagt nichts. Wozu ist er gekommen? Er horcht einen Moment auf die Geräusche von oben, sieht dabei seine Frau an, schließt dann die Tür und geht davon.

Um acht Uhr, als alle vom Stall zurückkommen und nebenan die Milchschleuder dröhnt, sind die drei Ärzte immer noch da. Zweimal hat Joséphine Roy einen verzweifelten Schrei gehört, das war sicher der Verletzte. Was machen sie mit ihm?

Blicke zur Wanduhr. Es ist Zeit, sich zu Tisch zu setzen. Ob etwa …?

Der alte Roy geht mit gutem Beispiel voran, nimmt Platz und klappt sein Messer auf.

»Soll ich auftragen?«, fragt Joséphine.

Da keiner antwortet, schöpft sie die Suppe und setzt sich an ihren Platz.

»Hast du den Gruyère nicht vergessen?«

»Er ist noch im Wagen ...«

»Lucile, geh den Gruyère holen ...«

Plötzlich ist es, wie wenn nach der Messe der Küster das Portal öffnet und das Stimmengewirr der sich in Bewegung setzenden Menge laut wird. Sie sind nur zu dritt, aber im Treppenhaus hallt es wider. Alle reden gleichzeitig.

»Madame Roy! ... Hallo! ... Ist jemand da? ...«

»Ich komme! ...«

Sie geht hinauf.

»Es sollte jemand bei ihm bleiben, bis er einschläft ... Es wird nicht lange dauern, denn wir haben ihm eine Spritze gegeben ... Keine Angst, er ist sanft wie ein Lamm ...«

Sie kommen herunter, der feine Duft der Suppe steigt ihnen in die Nase.

Roy steht auf. Lucile sieht sie an, als hätte sie einen Trupp Henker vor sich.

»Also dann, mein lieber Roy ...«

Doktor Naulet hüstelt, zwinkert seinen Kollegen zu.

»Ich fürchte, was jetzt geschehen ist, trägt nicht gerade zur Vereinfachung der Situation bei ... Wohlgemerkt, ich habe es beinahe erwartet ... Nach aller Voraussicht wäre er jetzt eigentlich tot ...«

»Setzen Sie sich doch, Messieurs«, sagt Lucile und bietet ihnen Stühle an.

»Vielen Dank ... Ich werde erwartet ...«

»Kurz und gut, der Mann hat sein Gedächtnis verloren ... Was wir eine Amnesie nennen ... Es würde zu weit führen, Ihnen das zu erklären ...«

Roy schweigt, wippt von einem Bein aufs andere.

»Er weiß also nicht mehr, wer er ist ... Stellen Sie sich ein

Kind vor … Sagen wir, ein Kleinkind, drei oder vier Jahre alt … Es ist zwar nicht ausgeschlossen, dass er sein Gedächtnis von einem Augenblick zum nächsten wiederfindet, aber ich für mein Teil …«

Er blickt seine Kollegen an, vor allem Doktor Coutand, der eine psychiatrische Heilanstalt leitet.

»Was meinen Sie, Herr Direktor? …«

»Vielleicht ein Schock? …«, lässt sich dieser vernehmen und schaut gleichzeitig auf seine goldene Armbanduhr, vermutlich weil er der großen bäuerlichen Wanduhr nicht traut. »Sollte er Ihnen nur im Geringsten zur Last fallen, bin ich selbstverständlich bereit, mich seiner anzunehmen … Wir haben noch Betten frei … Sie brauchen nur die Nummer hundertvierundsechzig anzurufen …«

Lucile hebt den Kopf. Sie hat deutlich gehört, dass die Tür oben vorsichtig geschlossen wurde. Ihre Mutter hat also zugehört.

»So, und nun wollen wir Sie nicht länger stören … Messieurs … Mademoiselle …«

Draußen schwatzen sie noch eine Weile, auf die schon offenen Autotüren gestützt. Man hört ein lautes Lachen. Eines der Autos fährt weg. Der Motor eines andern ist kalt und lässt sich fast nicht starten. Das dritte hat sich noch nicht von der Stelle bewegt.

Roy steht wieder auf und öffnet die Tür zum Hof, lauscht hinaus. Zwei Männer unterhalten sich leise. Am Gatter steht ein Fahrrad. Die Tressen an der Mütze des Wachtmeisters leuchten im Dunkel auf.

Er ist es, der Doktor Naulet ausfragt. Mindestens zehn Minuten vergehen, bis der Wagen wegfährt.

Man könnte annehmen, Liberge würde nun auf einen Augenblick hereinkommen, und wäre es nur aus Höflichkeit. Zwei- oder dreimal blickt Roy, der wieder Platz genommen hat, zur Tür, als müsste sie jeden Moment aufgehen. Aber nein! Auch Liberge ist weggefahren.

»Geh, lös deine Mutter ab, damit sie auch essen kann ...«

Lucile geht wortlos hinauf. Joséphine kommt herunter. Ihr Gesicht ist ausdruckslos.

»Warum steht denn der Käse noch immer nicht auf dem Tisch?«

Sie geht hin und her, vom Herd zum Tisch, und setzt sich endlich, eben als der alte Roy sein Messer, nachdem er sich damit zwischen den Zähnen herumgestochert hat, zuklappt und in seine Tasche steckt. Er erhebt sich.

»Gute Nacht ...«

Für ihn ist einfach ein weiterer Tag vorbei; nun wird er noch fünf oder zehn Minuten im Hof herumstehen und dann in seine Dachkammer hinaufsteigen.

Und mit einem Mal sind Joséphine und Étienne Roy allein, nur sie beide – was selten genug vorkommt! Aber während sie erst zu essen anfängt, ist er damit schon fertig. Er rutscht unschlüssig auf seinem Stuhl herum.

Dann steht auch er auf.

»Ich gehe noch bis zur Weide ...«, verkündet er und holt seine Mütze.

Vielleicht hofft er, dass sie nun doch zu reden anfängt, während er auf die Tür zugeht? Er lässt sich Zeit. Aber nein! Sie rührt sich nicht. Auf Gros-Noyer hängt jeder seinen eigenen Gedanken nach. Er schlüpft in die Schuhe, die auf der Schwelle bereitstehen, und geht hinaus.

5

Der Geruch von Kerzen und lackiertem Blech, dessen Firnis unter der Hitze schmilzt und kleine Bläschen wirft, umgab Joséphine Roy den ganzen Tag und sollte ihr von nun an wie ein Nachgeschmack in die Kehle steigen, wann immer Wachtmeister Liberge auftauchte.

Es war Allerheiligen. Bevor sie am Morgen noch bei Dunkelheit das Haus verließ, hatte sie sich vergewissert, dass der Unbekannte schlief. Der alte Roy war schon beim Vieh. Étienne schnitt sich eine Scheibe von dem Schinken ab, der in der Küche hing.

Sie hatte die Schachtel mit den Kerzen mitgenommen, eine blaue Schachtel mit einem roten Ball darauf. Es war Frühmesse; nur zwei Altarkerzen brannten. In ihrem Schimmer tanzten die Schatten der paar wenigen alten Frauen, die vor die Säulen geduckt dasaßen. In dem Moment, als sie, grauen Mäusen gleich, die Kirche verließen, begann es zu tagen. Nur die Lebensmittelhändlerin, Madame Bouin, ging direkt nach Hause. Die andern bogen links um die Ecke, um auf den Friedhof zu gehen, und zertraten dabei die auf dem Weg herumliegenden Rosskastanien.

Wie viele waren sie? Etwa zehn, die sich zwischen den Gräbern zerstreuten, schweigsam, geschäftig. Die andern, die Männer und die jüngeren Leute, würden später kommen, nach der Hauptmesse.

Die frühmorgendlichen Friedhofsbesucherinnen stellten Chrysanthementöpfe auf, rechten auf einem Teil der Allee die Blätter zusammen, und eine runzlige Alte krächzte:

»Könnten Sie mir vielleicht Ihren Spaten ausborgen, Madame Pigeanne? ...«

Worauf wieder vollkommene Stille herrschte. Ein Blatt löste sich von einem Kastanienbaum und schwebte in der frischen, dunstigen Luft langsam nieder, blieb schließlich am Medaillon eines Grabsteins hängen.

Joséphine hatte ihre Handschuhe aus schwarzem Garn abgestreift. Zwei Tage zuvor hatte sie in der Scheune die Laterne geholt, die jedes Jahr an Allerheiligen gebraucht wurde, eine hohe, schwarze, bleiverglaste Laterne, in die sechs Kerzen gestellt werden konnten. Sie hatte sie mit einer Lackgrundierung frisch gestrichen, die eigentlich für Étiennes Fahrrad gedacht war.

Ein sargförmiger, auf Pfeilern ruhender Stein erhob sich über der Grabplatte, in die drei Inschriften graviert waren. Zunächst Antoinette Cailleteau, die Großmutter Étienne Roys, dem Kreise ihrer Lieben in ihrem zweiundvierzigsten Lebensjahr entrissen. Eine Lungenkrankheit hatte sie dahingerafft. Ihr Mann, Eugène Cailleteau, war ihr zehn Jahre später gefolgt.

Schließlich ihre Tochter, Clémentine Roy, die zu ihren Lebzeiten den Wunsch geäußert hatte, neben ihren Eltern beerdigt zu werden. So war nun in der Gruft kein Platz mehr, und der alte Roy würde anderswo seine letzte Ruhe finden müssen.

Joséphine zündete die Kerzen mit einem halb verkohlten Holzstückchen an, das sie mitgebracht hatte. So ging das

Jahr für Jahr, am gleichen Tag, zur gleichen Stunde, am selben Ort. Der alte Roy war, wie es seine Gewohnheit war, am Vorabend hergekommen, um ein Dutzend stattliche Chrysanthemen in den Boden einzupflanzen.

Joséphine hatte kalte Fingerspitzen. Sie war hungrig, denn sie war zur Kommunion gegangen und hatte vor der Messe deshalb nichts gegessen. Der Lack auf der Blechlaterne begann bereits Blasen zu werfen und verbreitete einen üblen Geruch.

Sie richtete sich auf, schlug ein Kreuz. Und als sie sich abwandte, um heimwärts zu gehen, zuckte sie zusammen, denn da stand mitten auf der Allee, in Uniform, wenige Schritte von ihr entfernt, Wachtmeister Liberge.

Er grüßte und folgte ihr bis zum nahen Gitter, wo sein Fahrrad angelehnt stand.

»Nun, Madame Roy, Sie haben nicht gerade viele eigene Angehörige auf dem Friedhof!«

Sie entgegnete schlagfertig:

»Und Sie, meine ich doch, haben überhaupt keine!«

Denn Liberge stammte aus der Gegend der Langlé-Sümpfe, in der Nähe von Velluire. Was suchte er an einem Allerheiligenmorgen in Sainte-Odile? Er schob sein Fahrrad neben ihr her. Es sah fast so aus, als wollte er sie bis zum Hof Gros-Noyer begleiten. Die Lebensmittelhändlerin, die eben die Fensterläden öffnete, blickte ihnen neugierig nach.

»Ich muss mich doch nächstens mal mit Ihnen unterhalten, wenn die Männer auf dem Feld sind ...«

Er hatte diese Worte hingeworfen, so wie man ein paar Samen auswirft. Wer weiß? Vielleicht war er nur deswegen aus Maillezais gekommen? Als Ligiers Haus vor ihnen auftauchte, verabschiedete er sich und steuerte darauf zu.

Nach dem Frühstück machten sich die Männer zum Ausgehen bereit. Lucile stand schon fix und fertig da. Joséphine Roy ging ins Krankenzimmer hinauf. Der Verletzte saß aufrecht im Bett, frisch gewaschen, mit gekämmtem Bart.

Was wollte Liberge von Joséphine Roy? Während drei oder vier Tagen war er unaufhörlich im Dorf herumgestrichen, dann war er verschwunden und erst an diesem Morgen wieder aufgetaucht.

»Haben Sie Durst?«

Der Mann sah sie an, ein sanfter, fragender Blick, als brauchte er eine gewisse Zeit, um den Sinn ihrer Worte zu begreifen; schließlich antwortete er mit naiver Genugtuung:

»Ja ...«

Sie schenkte ihm ein Glas Limonade ein, von der immer ein Krug bereitstand, und half ihm beim Trinken.

»Haben Sie gut geschlafen?«

»Ich weiß nicht ...«

Er lächelte. Immer machte es den Anschein, als wollte er sich entschuldigen, als wollte er möglichst angenehm sein. Joséphine Roy räumte das Zimmer auf, ging den Nachttopf leeren, traf den Mann wieder so an, wie sie ihn verlassen hatte, den Blick auf die Tür geheftet, wie ein Hund, dem man einen Platz zugewiesen hat und der dort auf seinen Herrn wartet.

Es war nichts weiter aus ihm herauszubekommen. Unheimlich war er nur, wenn er sich, von Panik ergriffen, aus seinem Bett schwingen wollte und man ihn gewaltsam zurückhalten musste.

Aber sogar Lucile machte das keine Angst mehr, und es gelang ihr ganz allein, ihn wieder unter die Decke zu bringen.

Was führte Liberge nur im Schilde?

Étienne war den ganzen Tag damit beschäftigt, auf der Tenne den Wein abzuziehen. Gegen Abend fuhr der junge Ligier auf der Landstraße vorbei, aber es war schon zu dunkel, um ihn sicher zu erkennen.

Er war es tatsächlich. Sein Anwalt hatte irgendwelche einflussreichen Politiker dazu gebracht, sich einzuschalten, und so die vorläufige Freilassung des Geflügelhändlers erreicht.

Am nächsten Tag tauchte Ligier auf dem Hof auf. Der sonst so selbstsichere Prahlhans mit seiner grobschlächtigen Heiterkeit, der in seinem dröhnenden Lieferwagen über Land fuhr, war wie ausgewechselt. Sein Blick war nun ernster. Er zog die Mütze, als er die Küche betrat.

»Ist vielleicht Ihre Tochter hier, Madame Roy?«

»Sie ist oben ... Was wollen Sie von ihr?«

»Ich hätte nur eine Kleinigkeit mit ihr zu besprechen ...«

»Lucile! ... Komm rasch herunter ... Ligier ist da ...«

Vor lauter Verlegenheit zerknautschte er seine Mütze und brachte schließlich ehrerbietig hervor:

»Es ist wegen Ihrer Aussage, Mademoiselle ... Ich weiß, dass der Untersuchungsrichter Sie noch einmal vernehmen wird ... Und er will sicher von Ihnen hören, dass ich angehalten habe ...«

»Sie haben ja auch angehalten ...«

»Aber nur so kurz, dass es nicht gelogen wäre, das Gegenteil zu behaupten ... Wie Sie wissen, erwartet meine Frau ein Kind ... Ich habe mir überlegt, wenn Sie einfach aussagen würden, Sie seien sich nicht sicher – verstehen Sie? –, Sie seien sich nicht ganz sicher ... Stellen Sie sich vor, nun gibt es schon welche, die behaupten, ich hätte den Koffer genommen ... Was hätte ich denn mit dem Koffer anfangen sollen? ... Bin ich etwa ein Verbrecher, dass man mich ins Gefängnis wirft und mich so übel behandelt? ... Sei's drum! Tun Sie, was Sie in Ihrem Innersten für richtig halten, und Sie können sicher sein, dass ich Ihnen, wenn ich davonkomme, für immer dankbar sein werde ...«

Sein Blick glitt weg, wanderte umher, wanderte zur Tür, und dann verschwand Ligier, die Mütze immer noch in der Hand, ohne zu wissen, wie die Partie für ihn ausgehen würde.

Die Männer waren Karotten ernten gegangen. Jeder Tag brachte seine Aufgaben mit sich, je nach Jahreszeit, je nach Witterung, und sie brauchten nicht mehr im Einzelnen darüber zu sprechen; jeder wusste, wenn er nach dem Essen aus der Küche trat und seine schweren Schuhe anzog, wohin er sich zu wenden und was er zu tun hatte.

»Kommen noch Leute?«, fragte Lucile, bevor sie zum Verletzten hinaufging.

Denn fast täglich kamen nun Besucher, hielt ein Auto, manchmal auch zwei, vor dem Hof. Nicht nur Leute von der Presse, sondern einmal sogar ein Professor, den Doktor Naulet mitgebracht hatte und der eigens aus Nantes angereist war.

Um die Familie Roy scherte sich keiner. Der Staatsanwalt, der Richter, die Ärzte, sogar der Abgeordnete gingen mit größter Selbstverständlichkeit in der Küche ein und aus.

»Können wir hinaufgehen, Madame Roy?«

Sie putzten sich die Schuhe nicht ab, und der eine oder andere behielt sogar den Hut auf. Beim Verletzten oben benahmen sie sich nicht weniger ungeniert, sagten laut, was ihnen gerade einfiel, setzten sich auf den Bettrand und fragten den Mann aus, den sie umstandslos duzten.

Dann taten sie sich gegenseitig wieder ihre Meinungen kund, zündeten sich vielleicht noch eine Zigarette an, gingen weg, nur um mit jemand anderem wiederzukommen, sodass es auf Gros-Noyer etwa so zuging, als wären beim Pflügen überraschende historische Funde gemacht worden.

Bis auf die Tatsache, dass in der Küche öfter sauber gemacht werden musste, ging das Leben aber wie gewohnt weiter. Am Montag und Dienstag waren die Karotten an der Reihe. Joséphine Roy hatte sie mit dem Schlauch abgespritzt und gebündelt, dann hatte Étienne sie nach Fontenay gebracht, wo mittwochs immer kleiner Markt war.

Derweil hatte der Alte mit der Rübenernte angefangen. Wenn Joséphine nicht mit dem Vieh oder im Hause beschäftigt war, ging sie ihm dabei zur Hand, tief gebückt, die Stiefel in der Erde versunken. Der ganze Ausblick bestand in den Hecken rundherum, daneben die Rückseiten einiger niedriger Häuser. Die Mütze des Wachtmeisters, der jeden Moment irgendwo erscheinen konnte, tauchte nicht auf; Liberge war wieder aus Sainte-Odile abgezogen.

Nach Einschätzung jener Herren ließ sich über den Fall des Unbekannten nichts Sicheres sagen. Ob man es hier mit einem völligen Gedächtnisverlust zu tun hatte oder nicht, würde sich erst mit der Zeit herausstellen. Womöglich könnten auch seine Erinnerungen mit einem Mal zurückkommen.

Er sprach, gab sein Bestes, um zu verstehen, was man ihm sagte, und um Antwort zu geben. Hatte er den Sinn einer Frage begriffen, leuchtete eine kindliche Freude in seinen Augen auf, und ebenso, wenn er einen halbwegs korrekten Satz zustande gebracht hatte.

Am ehesten war er mit einem vier- oder fünfjährigen Kind zu vergleichen, einem sehr lieben, folgsamen Kind; und mit seinem blonden Bart, der, je länger er spross, umso mehr ins Rötliche schlug, glich er ein wenig dem Christuskopf, der im Schlafzimmer über dem Kamin hing.

Von Lucile war gar nichts mehr zu erwarten. Sie verbrachte ihre Tage dort oben und kam gerade noch kurz zum Essen herunter. Wenn ihre Mutter sie für eine Stunde ablöste, nahm sie hinterher ihren Platz schnell wieder ein und warf dieser einen argwöhnischen Blick zu, den Joséphine nicht beachtete.

Draußen auf dem Feld lagen nun schon, entlang ihrer Furchen, die Rüben aufgereiht. Sobald die Wege nicht mehr so matschig wären, würde man die Ernte mit der Stute einbringen.

Étienne Roy hackte die Kohlbeete, er war von früh bis spät draußen, doch der Winter rückte schon spürbar näher. Die Schornsteine im Dorf qualmten, die Türen wurden gut geschlossen, und die Kinder zogen für den Schulweg ihre Anoraks an.

An diesem Vormittag war Lucile in die Stadt gefahren, nach Fontenay, denn sie war beim Untersuchungsrichter vorgeladen.

»Soll dich nicht Vater mit der Grauen hinbringen?«

»Mit dem Rad bin ich ebenso schnell …«

Joséphine war in der Küche beschäftigt. Die Zimmertür oben stand offen; die untere ebenfalls, damit ihr auch nicht das geringste Geräusch entging. Es regnete, und sie nutzte die Gelegenheit, um die Schränke zu putzen, deren Inhalt bereits auf dem Tisch ausgebreitet lag. Étienne hatte sich eine Tüte über den Kopf gestülpt und kniete über seinem Kohlbeet, während der alte Roy einen Zaun beim Graben unten flickte, wo ihm kürzlich beinahe ein Kalb ertrunken wäre.

Liberge kam in voller Fahrt angeradelt und sprang von seinem Vehikel. Er klopfte an die verglaste Tür, stieß sie fast gleichzeitig auf, und Joséphine stieg sofort wieder der Duft der Kerzen von Allerheiligen in die Nase, der beißende Geruch des warmen Lacks, der auf der Laterne geschmolzen war.

»Ich habe mir schon gedacht, dass Sie alleine sind, Madame Roy ... Ihre Tochter ist in Fontenay, nicht wahr? ... Stimmt es, dass dieser Schurke von Ligier sie zu einer Falschaussage bewegen wollte?«

»Ich weiß nicht ...«

»Aber er ist doch hierhergekommen?«

»Kann sein ... Es kommen so viele Leute ... Gegenwärtig geht es hier zu wie in einem Taubenschlag ...«

Sie bot ihm absichtlich keinen Platz an, aber er setzte sich nichtsdestoweniger rittlings auf einen Strohstuhl, schob seine Mütze in den Nacken und stützte sich auf die Lehne.

Liberge war noch jung. Er hatte drei Kinder, von denen das jüngste noch die Flasche bekam. Ein ansehnlicher Mann, der sich immerzu über die Welt lustig zu machen schien.

»Stellen Sie sich vor, ich habe Ihnen doch neulich für meinen Bericht einige Fragen gestellt, aber an eines habe ich dabei nicht gedacht ...«

Sie schielte kurz zur offenen Tür, horchte nach der Treppe und dem oberen Stock – es war still.

»Sie haben mir gesagt: *Joséphine Roy, geborene Violet ...* Das ist doch richtig, nicht wahr? ... Warten Sie ...«

Er nahm ohne Eile sein Notizbuch mit dem Gummiband hervor, blätterte darin länger als nötig.

»*Violet* ... Da haben wir es! ... Arbeiten Sie nur ruhig weiter ... Wir können uns ja trotzdem unterhalten ... *Augustine Violet, geborene Caillol ...* Ist das Ihre Mutter?«

Er tat möglichst gleichgültig, um sie nicht in Verlegenheit zu bringen, aber er behielt sie im Auge und machte ein selbstzufriedeneres Gesicht denn je.

»Ja, und?«, entgegnete sie.

»Hm! ... Da habe ich mich also nicht geirrt ... Wohlgemerkt, das ist weiter nicht von Bedeutung ... Es gehört zu unserem Beruf herauszufinden, wer die Leute sind, woher sie kommen ... Es lassen sich daraus gelegentlich gewisse Schlüsse ziehen, verstehen Sie? ... Was nun Madame Violet, geborene Caillol, betrifft ... Warten Sie, ich will meine Notizen nochmals durchlesen ... Sie heiratet Violet, als sie sechzehn ist ... Eugène Violet, Seemann aus Marseille ... Von ihm hat sie einen Sohn, Justin ... Dann wird sie von ihrem Mann verlassen, oder sie verlässt ihn, behält aber seinen Namen ... Drei Jahre später taucht sie in Toulouse auf, da gehört sie zu einer Truppe umherziehender Händler ...«

Nach außen hin bleibt Joséphine Roy ruhig, bewahrt Haltung. Schwer zu sagen, wie alt sie ist. Sie hat es sich seit

Jahren zur Gewohnheit gemacht, die dunkle, schmucklose Kleidung der Frauen vom Land zu tragen, und an den Schläfen sind ihre Haare beinahe weiß. Sie hat ebenmäßige, etwas knochige Gesichtszüge. Und doch spürt man, wenn man sie aufmerksam betrachtet, eine jugendliche Frische, die vor allem in ihrem Blick zum Ausdruck kommt.

»Sie sind geboren in ... warten Sie ... Geboren in ...«

»Montauban ...«, hilft sie nach.

»Genau. Zu dieser Zeit ist Violet schon tot. Wahrscheinlich weiß seine Frau nichts davon, denn er starb während einer Epidemie im Krankenhaus von Algier ... Die Frage allerdings, wer Ihr leiblicher Vater ist ...«

Sie steht vor ihm, wirkt in ihrer Strenge wie einem jener Familienporträts entsprungen, die man aus Provinzwohnzimmern kennt.

»Wissen Sie, dass Ihre Mutter noch lebt?«

Sie sagt weder ja noch nein. Die Hände vor dem Schoß verschränkt, steht sie aufrecht da und wartet, das Gesicht farblos, mit gespannten Lippen.

»*Augustine Violet* ... Da haben wir's ... Sie wohnt mittlerweile in einer Baracke am Rand von Paris, in Saint-Ouen, und ist dort unter dem Namen ›Katzenmutter‹ bekannt ... Nach ihrem ersten Kind, Justin, hat sie wohl an die zehn weitere in die Welt gesetzt, einige sind freilich gestorben, und von den meisten andern hat man jede Spur verloren ... *Zwei Monate auf Bewährung wegen Widerstands gegen die Staatsgewalt und Beamtenbeleidigung ... Ein Monat Haft wegen ...*«

»Ich weiß ...«

»Die Liste ist ganz schön lang ... Madame Violet, immer

ihre Kinder im Schlepptau, verschwindet aus der Gegend von Toulouse und Montauban, um sich in Nantes niederzulassen ... Die Truppe hat sich aufgelöst ... Zwei oder drei Familien tun sich wieder zusammen, aber es ist nicht leicht, da den Überblick zu behalten ... Jedenfalls grast dieser ganze Zirkel die Viehmärkte in der Vendée ab ... Kurz, wenn meine Informationen stimmen, sind Sie in Ihrer Jugend hauptsächlich von Markt zu Markt gezogen ...«

Was soll sie darauf schon sagen? Es stimmt ja!

Liberge klappt sein Notizbuch zu, ein wenig enttäuscht. Er hatte erwartet, sie würde heftiger reagieren. Endlich blickt er zu ihr auf. Sie steht noch immer unbewegt vor ihm, wie ein Bildnis in seinem Rahmen.

»Und dann hat also Étienne Roy Sie geheiratet, und Sie sind in dieses Haus gekommen ...«

Er steht auf. Sie hat ihm – das ist, erst recht bei einem Polizisten, unüblich – nichts zu trinken angeboten.

»Eine diffuse Geschichte, nicht wahr? ... Da darf man nichts außer Betracht lassen ...«

Sie schaut weg. Eben ist Étienne im Hof aufgetaucht. Er hat das Fahrrad gesehen. Er ist unschlüssig, runzelt die Stirn, kommt aber dann doch und öffnet die Tür mit einem Ruck; er blickt seine Frau und den Polizisten an, als hätte er sie in flagranti ertappt.

»Was ist los?«, fragt er, ohne zu grüßen.

»*Salut*, Roy! ... Ich habe mal eben hereingeschaut, weil ich in der Gegend war ...«

Aber Joséphine schneidet ihm das Wort ab.

»Der Wachtmeister hat mir eben einen Bericht über meine Familie vorgelesen, die Liste der Verurteilungen meiner Mutter, eine Aufzählung all dessen, was sie getan hat und was vorgefallen ist, seit sie sich in Montpellier verheiratet hat ...«

Roy wird aus der Sache nicht klug. Liberge ist verlegen.

»Nicht dass ich dem Bedeutung beimessen würde, Roy! ... Es gehört eben zu meinem Beruf ... Immerhin hat dieser Mann, den keiner kennt, die Adresse vom Hof Gros-Noyer in der Tasche gehabt! ... Ich muss also nachforschen ...«

Geistesabwesend holt Roy zwei Gläser aus dem Schrank und geht in den Nebenraum, um einen Krug Hauswein abzufüllen.

»Angenommen, der Mann findet seine Sprache nicht wieder, da muss man doch herausfinden, woher er kommt, schon der sechzigtausend Franc wegen ... Wer weiß, ob im Koffer nicht noch mehr Geld war?«

»Auf Ihr Wohl, Wachtmeister ...«

Er trinkt sein Glas in einem Zug, leert den letzten Tropfen einfach auf den Boden.

»Vielleicht wüsste die Mutter Ihrer Frau, die ja noch am Leben ist ...«

In diesem Punkt hat er sich nicht geirrt: Roy sieht Joséphine überrascht an.

»Ich bitte um Verzeihung, wenn ich etwas Dummes gesagt habe ...«

»Aber nicht doch, warum auch? Was wollten Sie sagen? ...«

»Ich wollte sagen: Was Sie betrifft, gibt es ja keine großen Geheimnisse ... Man kennt die Roys und die Cailleteaus ... Die Namen der Familienmitglieder, die nicht mehr am Leben sind, sind allesamt auf dem Friedhof von Sainte-Odile zu finden ... Und als ich unlängst Ihre Frau an Allerheiligen auf dem Friedhof sah, sagte ich mir:

›Nanu! Hier in der Gegend liegt kein einziger Violet begraben ... Und da waren doch wohl etliche Brüder und Schwestern ... Es gibt eine Mutter Violet ... Und all diese Leute kommen herum, gehen von hier nach da, mischen sich unters Volk ...‹

Das ist ja weiter nicht unehrenhaft ...«

Ein Geräusch von oben, wie eine Kinderstimme, die ruft.

»Entschuldigen Sie mich bitte ...«

Joséphine Roy rafft ihre Röcke und geht hinauf. Die beiden Männer bleiben einander gegenüber sitzen. Roy füllt erst einmal die Gläser.

»Und wie geht's sonst, Roy?«

Schweigen.

»Habt ihr die Rüben schon eingebracht?«

Aber die Rüben sind ihm in Wirklichkeit völlig egal. Sein Blick bleibt auf Roy geheftet. Zufrieden mit dem, was er erreicht hat, wischt er sich mit dem Handrücken den Mund ab, rückt seine Mütze zurecht und geht auf die Tür zu, obwohl draußen gerade ein Platzregen fällt.

»Also dann ... Ich muss jetzt nach Maillezais zurück ... Hoffentlich wird sich der gute Mann demnächst doch noch dazu entschließen zu reden ...«

Roy bleibt allein in der Küche – auf dem Tisch liegen immer noch die ganzen Sachen aus den Schränken, auf dem Herd kocht eine Lauchsuppe –, und er spitzt die Ohren.

Fast wartet er darauf, von oben Schluchzen zu hören. Hofft er es gar? Als er vorhin hereinkam, war es für ihn wie ein Schock, er hätte nicht sagen können, weshalb. Das Bild hatte etwas Befremdliches: Joséphine, wie sie in schlichter und würdevoller Haltung, aber schrecklich blass Liberge gegenüberstand, der sich ein Vergnügen daraus machte, sie zu quälen ...

Er hat Mitleid empfunden. Wahrhaftig! Und nicht zum ersten Mal! Abends im Bett hat er schon verschiedentlich der Versuchung widerstehen müssen, sie bei der Hand zu fassen.

Was hätte er ihr wohl gesagt?

›Du musst mir die Wahrheit sagen ... Sei ehrlich, Joséphine ... Ist Lucile ...‹

Er hat es nie gewagt! Ein Tag folgte auf den andern, Ernte folgte auf Ernte, Weinlese auf Weinlese. Seite an Seite haben sie auf dem morastigen Acker Karotten, Rüben, Zwiebeln und Knoblauch geerntet, haben Kohl gepflanzt, Wein abgezogen, die Kühe gemolken ...

Manchmal meint er ... Es ergreift ihn ein Schwindel, eine körperliche Benommenheit, wie wenn man zu viel getrunken hat. Er schließt die Augen.

Und wenn es nicht so wäre, wenn Lucile doch seine Tochter wäre ... Aber dann erinnert er sich gleich wieder an jenen Zettel, an die Bewegung, mit der sie ihn aufhob, an den Bericht des Polizisten und wie er grinsend weggegangen ist. Roy hat es gesehen! Als er auf sein Fahrrad stieg, spielte um seinen Mund ein zufriedenes und zugleich boshaftes Lächeln. Liberge ist ein boshafter Mensch. Er hatte dasselbe Lächeln aufgesetzt – und sich gleichzeitig überschwänglich entschuldigt –, als er den jungen Ligier festgenommen hatte. Das ist so seine Art. Er schleicht umher. Er schnüffelt, und wo es ein bisschen stinkt ...

»Nein ... Sie sollen in Ihrem Sessel sitzen bleiben ...«

Joséphine betont beim Sprechen jede einzelne Silbe, als müsste sie sich jemandem verständlich machen, der der Sprache nicht mächtig ist. Seit dem vorhergehenden Tag darf der Verletzte zwei oder drei Stunden in einem Sessel verbringen, demselben, in dem die Großmutter Roy ihre letzten einsamen Jahre über saß. Bewegungsunfähig, wie sie war, musste man sie abends wie einen schlaffen Gegenstand ins Bett tragen. Hätte man sie allein gelassen, sie wäre nicht einmal imstande gewesen, jemanden zu rufen oder sich sonst wie bemerkbar zu machen, und doch waren ihre Augen schrecklich lebendig und schienen alles wahrzunehmen.

Weshalb geht Joséphine nun ins Schlafzimmer? Sie bleibt nur kurz dort, dann kommt sie herunter. Hat sie geweint und danach ihre Augen trocknen müssen?

Kein Anflug einer Gefühlsregung.

»Er will immerzu aufstehen, um zum Fenster hinauszuschauen«, sagt sie.

Sie sucht ihren Lappen, leert draußen das Schmutzwasser aus und füllt den Eimer wieder an der Pumpe im Abstellraum.

Als Étienne seinem Vater eröffnet hatte, er wolle heiraten, hatte der alte Roy gefragt:

»Wer ist es?«

»Sie ist nicht von hier ... Ihre Eltern waren fahrende Händler ...«

Der Alte hatte keinen Einspruch erhoben. War es ihm egal? Betrachtete er sich tatsächlich nur als Knecht in dem Haus?

Was denkt er? Etwas muss er doch wohl denken. Das gibt

es nicht, dass einer sich nichts denkt. Auch Joséphine wird, während sie jetzt gerade die Bretter in einem Schrank abwischt, irgendetwas denken.

Er fragt ziemlich dumm:

»Ist Lucile nicht nach Hause gekommen?«

Als sähe er das nicht! Wäre sie zu Hause, würde sie jetzt oben wachen, ihre Mutter hätte nicht hinaufgehen müssen, und die Tür würde auch nicht offen stehen.

»Noch nicht ...«

Es kommt selten vor, dass sie allein in einem Raum sind. Sie könnten sich berühren. Sie könnten es ...

Wieder einmal hat Roy das quälende Gefühl, dass ein Wort, eine Geste genügen würde ... Warum nur scheint ihm gleichzeitig, seine Frau habe Angst, halte den Atem an, warte mit angespannten Nerven darauf, dass er hinausgeht?

Er schlurft in seinen Holzschuhen durch die Küche, denn er hat sie beim Eintreten nicht ausgezogen, und sie hinterlassen auf den Fliesen feuchte Spuren.

»Ich muss gehen ...«

Er sagt nicht, wohin. Wie sollte er auch? Er weiß es selbst nicht. Die Kohlbeete? ... Aber es lohnt sich nicht, vor dem Mittagessen dort weiterzumachen ...

Er geht hinaus, schließt die Tür hinter sich. Draußen fällt jetzt, nach dem Wolkenbruch, ein feiner Regen. Er wendet sich ohne bestimmte Absicht zum Pferdestall, wo die Kruppe der Grauen zuckt, weil sie meint, sie werde angespannt.

Seine Gedanken sind in Aufruhr ... Joséphine hat ihn angelogen, als sie ihm erzählte, ihre Mutter sei tot ... Sie hat damals einen Brief erhalten, den er nie zu Gesicht bekam ...

»Er ist von einem meiner Brüder ...«

Sie hatte gelogen! Das nahm er ihr übel. Obwohl er zu verstehen glaubte, ja, eigentlich überzeugt war, dass sie gelogen hatte, um ihn zu beruhigen und irgendwie auch aus Achtung vor dem Hof Gros-Noyer.

Er kannte sonst keine Frau, die sich mit solchem Respekt in ihr neues Heim eingefügt hatte.

Manch andere behielt ja, obwohl sie zwei oder drei Kinder hatte, eine kokette Ader oder gab sich gern prüde. Und dabei erzählten sich die Männer in der Dorfkneipe oder auf dem Markt mit dreckigem Lachen durchaus die eine oder andere Geschichte.

Ob die Ehemänner es wussten? Es gab welche, wie Massiot, die auf dem Laufenden sein mussten. Und doch war Massiot stets zum Scherzen aufgelegt. Er selbst sagte, wenn er getrunken hatte, gerne:

»Ein Mann und ein Mann, das macht zwei Männer. Zwei Männer und eine Frau, das macht einen Gehörnten!«

Und Massiot hatte Kinder! Verstehe das, wer kann! Roy verstand nicht! Es gab Zeiten, sogar längere Phasen manchmal, in denen er nicht unglücklich war. Eine Aufgabe folgte auf die andere, die Aussaat aufs Pflügen, der Kauf einer Färse auf den Verkauf eines Kalbs. Er dachte nicht nach. Wenn er etwas dachte, dann war er nahe daran, sich selbst zu antworten:

›Das ist doch alles Unfug ...‹

Dann, eines schönen Tages, sah er seine Frau an oder seine Tochter. Er sah sie an, so wie man wildfremde Leute ansieht. Seine Zweifel packten ihn wieder; er ging gebeugt, ließ den Kopf hängen und sah die Leute scheel an ...

Eine Türangel quietschte. Es war der Alte, der in den Schuppen ging, um sein Werkzeug und den restlichen Draht wegzuräumen.

Die Kirchenglocke schlug. Ein leichter Windhauch wehte die Blätter von den Bäumen. Roy war sich nicht einmal bewusst, dass er seine Ellbogen auf den Rücken der Grauen gestützt hatte, deren Wärme ihn durchdrang.

Ein Fahrrad. Lucile, in ihrem besten Kleid, ihrem guten Mantel, ihrem neuen Winterhut, kam zurück.

Schon in der Küchentür fragte sie:

»Ist er ruhig gewesen?«

»Ja, bis auf einmal, als er aufstehen und zum Fenster hinausschauen wollte ... Deck den Tisch ... Was hat der Richter gesagt?«

»Immer dasselbe ...«

»Und Ligier?«

»Er wurde am Ende der Vernehmung hereingeführt. Er behauptet, er habe gebremst, aber nicht angehalten. Und das ist nicht wahr.«

»Hast du es gesagt?«

»Ja.«

Das Tischtuch. Die Teller mit den bunten Blumen.

»Hat er etwas gegessen?«

»Nur wenig ...«

»Sind die Männer noch nicht zu Hause?«

»Sie werden im Hof sein ...«

Das war ein Gespräch, wie es im Haus alle Tage geführt wurde.

»Ich gehe mich umziehen ...«

»Beeil dich ...«

Sie wollte natürlich zu ihrem Patienten! Es kam ihr nicht ungelegen, sich ihm in ihren guten Kleidern zu zeigen. Sie erklärte ihm, so wie man es etwa einem Waldmenschen auseinandersetzen würde:

»Stadt ... Stadt ... Viele Häuser ... Viele Straßen ... Ich bin in die Stadt gefahren ... Mit dem Fahrrad ...«

Sie zeichnete zwei Räder in die Luft, und er sah ihr lächelnd zu.

»Haben Sie keinen Hunger? ... Haben Sie gut gegessen? ... War es gut? ...«

»Es war gut ...«

Joséphine legte Koteletts in die Bratpfanne, stellte sie aufs Feuer, dann öffnete sie die Tür einen Spaltbreit und rief aufs Geratewohl den beiden Männern zu:

»Essen!«

Dieser Geruch von Kerzen und verbranntem Lack ... Der Wachtmeister konnte zufrieden sein! ... Sie blickte auf den Strohstuhl, und es war ihr, als sähe sie ihn immer noch rittlings dort sitzen, sein Notizbuch in der Hand, mit dem er fast drohend gespielt hatte und das mit schrecklichen Geheimnissen gefüllt sein musste.

Er spielte! Er war stolz auf sich! Er wollte befördert, beglückwünscht werden! Er hätte es gerne gesehen, wenn man eines Tages gesagt hätte:

›Es war ein einfacher Wachtmeister der Gendarmerie, der ...‹

Und er hatte nichts begriffen, er würde niemals etwas begreifen! Und wenn ihm klargeworden wäre, dass er hier eine Tragödie auszulösen vermochte? Was sollte ihm das schon ausmachen?

Er würde wiederkommen. Nun, da er glaubte, er sei auf der richtigen Fährte, und sich schlauer als alle andern vorkam …

»Kommt ihr? Lucile?«

»Ich komme schon …«

Man hörte, wie sie sich hastig umzog. Der alte Roy kam als Erster, mit dem gemächlichen Schritt seiner langen Beine, über den Hof in die Küche und stellte seine Schuhe neben die Tür. Dann kam Étienne aus dem Pferdestall. Die Suppenschüssel stand schon dampfend mitten auf dem Tisch, und neben jedem Teller lagen ein paar Brotscheiben.

Wie genüsslich war es doch dem Wachtmeister, dem Sohn eines Tagelöhners aus dem Marais, immer wieder über die Lippen gekommen:

»*Madame* Violet …«

Und triumphierend hatte er hinzugefügt:

»… am Stadtrand von Paris unter dem Namen ›Katzenmutter‹ bekannt …«

Alle nahmen Platz. Der Alte zog sein Taschenmesser hervor. Joséphine Roy hatte schon die Suppenkelle in der Hand und füllte mit abwesendem Blick die Teller, wie gewöhnlich im Stehen, sie selbst setzte sich erst, nachdem alle bedient waren.

Wo sonst hätten die Roys eine Frau wie sie gefunden für ihren Sohn, der nicht einmal intelligent war?

6

Sie hatten zwei Tagelöhner angeheuert, wie gewöhnlich die Brüder Chaillou aus Saint-Pierre-le-Vieux, um das große Feld auf der andern Seite der Straße zu pflügen und zu bestellen. Um neun Uhr fiel Joséphine Roy ein, dass es an diesem Tag bei der alten Sareau frische Muscheln geben würde, und so entschloss sie sich, welche zu besorgen. Es kostete zwar immer viel Zeit, sie zu putzen, ergab aber eine komplette, nahrhafte Mahlzeit. Sie zog die Schürze aus, nahm ihr Einkaufsnetz und das Portemonnaie.

Da ist sie nun unterwegs, es sind keine dreihundert Meter bis zum Dorf. Kaum um die Wegbiegung gekommen, sieht sie schon vor der Post den Karren mit den Muscheln, den die alte Sareau aufgestellt hat, die Frau, die als Zeugin gegen Ligier aufgetreten ist.

Um keine Zeit zu verlieren, geht Joséphine Roy zunächst in den Lebensmittelladen, denn sie hat fast keinen Zucker mehr im Haus und will Birnen einkochen. Madame Bouin hat gerade ihrem kleinen Jungen das Gesicht gewaschen und kommt, sich die Hände trocknend, aus der Küche.

»Zwei Kilo Zucker, Madame Bouin.«

Joséphine Roy dreht gedankenlos den Kopf zur Straße und erblickt über die großen Bonbongläser hinweg den Briefträger, der sich eben auf sein Rad schwingt und in

Richtung Gros-Noyer davonfährt. Sie eilt vor die Tür, aber er ist schon zu weit entfernt, um sie zu hören.

»Hier, Madame Roy! ... Und dieser Mann mit seiner Amnesie, wie man sagt ... Wie geht es ihm? ...«

Joséphine bezahlt und geht hinüber zum Muschelkarren der alten Sareau, um sich dann, mit ihren Einkäufen beladen, heimwärts zu wenden. Der Überlandbus überholt sie unterwegs, und sie nimmt ihn nicht wahr. Sie wüsste nicht einmal zu sagen, woran sie denkt. Sie fühlt sich leer an diesem Morgen, so leer und farblos wie der blasse Himmel über ihr. Ihre Lippen jedoch bewegen sich, als spräche sie mit sich selbst.

Sie stößt die Tür zur Küche auf und weicht gleich wieder zurück, als ob sie sich in der Adresse geirrt hätte. Es sind Leute da, drei Personen, die sich gleichzeitig erheben, als sie hereinkommt.

»Madame Roy?«, fragt ein etwa vierzigjähriger Mann. »Bitte entschuldigen Sie, aber Ihre Tochter hat aus dem Fenster gerufen, dass wir in der Küche auf Sie warten sollen ... Wir sind eben mit dem Bus angekommen ...«

Gleich beim Hereinkommen hat sie die Karte gesehen, eine Postkarte, die neben dem noch mit einer Banderole umwickelten *Landboten* auf dem Tisch liegt. Eine ganz schlichte, geschmacklose Postkarte, mit Glanzfolie überzogen, die sich schon halb aufgelöst hat. Auf der Vorderseite ist ein junger Mann abgebildet, mit rosigen, schon eher lila als rosafarbenen Wangen, der süß lächelt und einen Blumenstrauß in der Hand hält. In welchem verstaubten Winkel mag man diese vergilbte, schmutzige Karte gefunden haben? Joséphine Roy dreht sie um. Sie kennt die krakelige Schrift, in der da ihr Name und ihre Adresse hingeschrieben sind. Links, in der für Mitteilungen vorgesehenen Hälfte, steht nichts, nicht einmal eine Unterschrift, nur zwei kurze waagrechte Schraffuren, die von zwei senkrechten Strichen durchschnitten werden.

»Diese Damen sind eigens aus Fumay in den Ardennen angereist ...«

Joséphine Roy hat die Karte in ihre Bluse gleiten lassen. Wer hat die Post auf den Küchentisch gelegt? Der Briefträger kommt gewöhnlich herein, auch wenn niemand da ist. Aber vielleicht hat Étienne danach in die Küche geschaut, um zu sehen, ob etwa ein wichtiger Brief gekommen ist? Von der Weide aus, wo er mit dem Vieh ist, kann er das Haus sehen. Oder ist Lucile kurz heruntergekommen?

Sämtliche Zeitungen Frankreichs, sogar die größten Pariser Blätter, haben inzwischen das Bild des Mannes veröffentlicht, einmal bartlos, wie er war, als man ihn auf der Straße fand, und dann mit Bart. Da niemand seinen richtigen Namen kennt, nennt man ihn den »Gedächtnislosen von Sainte-Odile«.

»Diese Damen«, fährt der Besucher fort, »oder vielmehr diese Dame ...«

Joséphine wirft ihnen einen scharfen Blick zu. Sie sind die Ersten, die vorgeben, den eigenen Mann oder Sohn wiedererkannt zu haben. Andere werden folgen.

Die Mutter, klein, stämmig, knochig, den Hut unordentlich auf dem Kopf, ist ganz in Schwarz und trägt einen kleinen Schleier. Wie Madame Praud, die Wäscherin, hat auch sie einen Regenschirm, mit dessen Spitze sie ihrer Tochter ans Bein tippt, um sie zum Sprechen zu bewegen.

»Meine Tochter, Madame Boumal, ist sich ganz sicher, ihren Mann wiederzuerkennen«, sagt sie endlich geradeheraus, weil ihr nichts Besseres einfällt. »Wo ist er?«

Die Tochter ist etwa dreißig. Sie ist bleich, mit zwei rosa Tupfen, die sie sich auf die Wangen gemalt hat. Sie hat helles Haar, eine Schulter ist höher als die andere, und die giftgrüne Seidenbluse wird von zwei kümmerlichen Brüsten kaum gewölbt.

Sie hat ein Taschentuch hervorgeholt und heult:

»Armer Hubert! …«

Schon drei Tage zuvor sind sie in Fumay aufgebrochen, denn zunächst haben sie die Sûreté in Paris aufgesucht – warum auch immer, vielleicht aus Misstrauen, weil sie befürchteten, schlecht empfangen zu werden.

»Der Polizeichef persönlich hat mir die Fotos gezeigt, sie sind schärfer als in den Zeitungen … Meine Tochter wird Ihnen gleich sagen, dass es Hubert Boumal ist … Es ist sein Blick, seine Stirn, sein Kinn …«

Der Inspektor aus Fontenay, der sie begleitet, hört geduldig zu. Joséphine würde schwören, dass sich ihre Tochter oben über das Treppengeländer beugt.

»Wenn Sie jetzt hinaufgehen möchten?«

Die beiden Frauen aus Fumay hätten sich keinen ungünstigeren Moment aussuchen können. Joséphine Roy geht wie in Trance. Sie gerät auf ihrer eigenen Treppe ins Stolpern und stammelt dann ein paar Worte, als müsste sie sich dafür entschuldigen.

Die Alte hat immer noch ihre grauen Handschuhe an. Ihre Tochter bringt lediglich hervor:

»Maman, ich habe Angst …«

»Nur Mut, Juliette! …«

Lucile weiß, worum es geht; sie erwartet die Eindringlinge mit dem Rücken zur Wand und sieht ihnen argwöhnisch entgegen, bereit, jeden Augenblick vorzuschnellen, um ihren Besitz zu verteidigen.

»Ist er es?«

Der Gedächtnislose in seinem Sessel wird unruhig und sucht mit den Augen seine Krankenschwester. Madame Boumal schluchzt auf.

»Also?«, fragt der Inspektor. »Ist das Ihr Mann?«

Die Mutter stößt sie wieder mit dem Regenschirm an. Vermutlich hat sie ihre Tochter angewiesen, ihn so oder so wiederzuerkennen. Hatte er nicht sechzigtausend Franc bei sich gehabt? Damit und mit dem kleinen Häuschen in Fumay hat man für den Rest seiner Tage ausgesorgt.

»Erkennen Sie ihn wieder?«

»Ich weiß nicht ... Warten Sie ...«

»Es ist wegen des Bartes«, erklärt die Alte. »Er trug keinen Bart, verstehen Sie?«

Luciles Blick durchbohrt sie buchstäblich. Da soll nur ja keiner auf die Idee kommen, ihn rasieren zu wollen ...

Anders als sonst wirkt Joséphine Roy ausgesprochen unsicher. Sie spürt auf ihrer Brust die Postkarte, die in Paris abgestempelt wurde. Die Schrift ist die ihrer Mutter.

Noch nie hat ihre Mutter ihr geschrieben. Es war zwischen ihnen so ausgemacht. Wahrscheinlich hat sie die Zeitung gelesen, die Fotografie gesehen.

Das kleine Zeichen auf der linken Seite, das anstelle von Text und Unterschrift dasteht, hat die Bäuerin von Gros-Noyer aufgewühlt. Sie braucht nur die Augen zu schließen, und schon werden die Erinnerungen in ihr wach, ganz eindringlich, bis hin zum faden Geruch des Kattuns, den sie damals auf den Märkten auspackten ... Das Zeichen bedeutete unter den Fahrenden *Gefahr*. Ein Alarmsignal ... Meist wurde es mit Kreide irgendwohin gezeichnet, auf eine Hausmauer, einen Koffer, einen Karren ...

Achtung! ... Gefahr! ...

Dann hieß es sofort aufhören mit dem Mogeln und Preise hochtreiben, und man durfte ja keinem schwatzenden Mütterchen mehr das Portemonnaie aus der Tasche zaubern ...

Die Frau in der grünen Bluse wagt kaum, den Mann anzusehen, der diesen ganzen Überraschungsbesuch nicht versteht und noch weniger, was dieses Schluchzen soll, von dem sie jedes Mal geschüttelt wird, wenn sie ihn wieder kurz und verstohlen angeblickt hat. Der Inspektor richtet das Wort an die Mutter:

»Was machte Ihr Schwiegersohn?«

»Er war Bergmann ...«

Und da sich der Polizist zu wundern scheint, setzt sie eilig hinzu – vielleicht sind ihr ja die weißen Hände des Mannes aufgefallen:

»Nicht in einem Kohlebergwerk ... In einer Schiefermine ...«

»Sind Sie sicher, dass Sie ihn wiedererkennen?«

»Meine Tochter kann es bestimmt besser sagen als ich ... Schließlich ist es über zehn Jahre her, seit er weggegangen ist! ...«

»Was ist damals geschehen?«

»Er ist auf und davon, einfach so! ... Zwei Tage nach der Hochzeit ... An einem Sonntag ... Wir nahmen an, er sei ins

Wirtshaus kegeln gegangen ... Und als wir dann merkten, dass er nicht nach Hause kam ...«

»Hat er etwas mitgenommen?«

»Das Geld!«

»Und seither haben Sie nichts von ihm gehört?«

»Nichts! ... Als ich dann in der Zeitung das Foto sah, das erste, auf dem er rasiert ist ...«

Der Inspektor wendet sich an die Jüngere.

»Sagen Sie, Madame ... Hatte Ihr Mann vielleicht ein besonderes körperliches Merkmal? ...«

Offenbar versteht sie nicht. Sie hält den Kopf schief, die eine Schulter höher als die andere, und wirft stumpfsinnige Blicke in die Runde. Wieder ist es die Mutter, die antwortet:

»Was stellen Sie sich nur vor! ... Meinen Sie, sie hätten das am helllichten Tag gemacht? ...«

Lucile lächelt kaum merklich. Joséphine Roy hört zu, aber die Bedeutung der Worte dringt nicht zu ihr.

Warum schickt ihr ihre Mutter aus ihrer jämmerlichen Behausung in Saint-Ouen dieses Zeichen?

»Also, Madame Boumal, Sie sind es schließlich, die mir sagen muss, ob es sich um Ihren Mann handelt oder nicht ...«

Kleiner Wink mit der Regenschirmspitze.

»Ich weiß nicht ... Ich glaube schon ... Er sieht aus wie er ... Obwohl ...«

»Wollen Sie versuchen, mit ihm zu sprechen? Vielleicht kommt ihm dann die Erinnerung wieder ...«

»Was soll ich ihm denn sagen?«

»Was Sie wollen ...«

»Hubert! ... Hubert! ... Kennst du mich nicht mehr? ... Hab keine Angst ... Ich will dir keine Vorwürfe machen, wenn du zurückkommst … Ich weiß schon, dass du immer etwas anders warst als die andern …«

Sie schnäuzt sich. Die Nase in ihrem blassen Gesicht ist rot geworden.

»Bitte sag etwas, Hubert!«

Aber Huberts Augen suchen Lucile. Er hat Angst. Er weiß nicht, was diese Leute um ihn herum wollen. Die Alte folgt seinem Blick mit einem missgünstigen Lächeln.

Natürlich, das Mädchen! … Diese Bauern, die doch weiß Gott reich sind, ein schönes Haus haben, das beste Geschirr, das ganze Kupfer und erst noch die Kühe im Stall … Denen würde glatt das Herz brechen, wenn ihnen die Sechzigtausend durch die Lappen gingen! …

Die alte Dame aus Fumay setzt eine geringschätzige Miene auf.

»Ich bin sicher«, sagt sie spitz, »wenn er bei uns wäre, würde er sich wieder zurechtfinden … Aber ich sehe wohl, man lässt ihn von hier nicht weggehen! …«

»Aber Madame, wenn Ihre Tochter …«

»Was soll sie Ihnen schon sagen, die arme Kleine, aufgewühlt, wie sie ist, nach einer solchen Reise? … Ich allerdings kenne Leute, die ihn wiedererkennen würden! … Und ich werde mit ihnen herkommen! … Wenn es sein muss, bezahle ich ihnen sogar die Reise! … Komm, Juliette! …«

»Ich versichere Ihnen, Madame, was Ihre Tochter uns über ihren Mann gesagt hat, scheint weder mit seinem Äußeren noch mit den Schlussfolgerungen der Ärzte übereinzustimmen …«

»Komm, Juliette! …«

Und sie verlässt das Zimmer, ihren Regenschirm wie zum

Gefecht bereit. Sie geht die Treppe hinunter und durch die Küche, in der ihr nicht die geringste Einzelheit entgeht. Immer die Reichen!

Die Tochter folgt ihr, dann der Inspektor, der sich zu Joséphine Roy umdreht und die Achseln zuckt, um ihr zu verstehen zu geben, dass er nichts dafür kann.

»Komm, mein Mädchen! ... Auf Wiedersehen, Madame!«

Sie gehen davon, in den trüben Tag hinaus. Vor fünf Uhr nachmittags fährt kein Bus; sie werden im Dorf bleiben, im Gasthaus zu Mittag essen müssen, während der Inspektor einen vorbeifahrenden Lieferwagen abfängt, um nach Fontenay zurückzukehren.

Joséphine Roy putzt die Muscheln und wirft sie eine nach der andern in eine Emailleschüssel. Sie hat ihre Schürze aus grobem blauem Tuch umgebunden. Auf dem Herd schmort etwas in einem Topf.

Noch nie war ihr so bang zumute, hat sie sich so unsicher gefühlt. Es hilft nichts, dass sie hier bei sich zu Hause ist, in gewohnter Umgebung, in der warmen Küche mit den leicht beschlagenen Fenstern, und dass im Hof der Hahn kräht, um den Misthaufen die Hühner picken, oben auf dem Scheunendach die Tauben gurren ...

Es scheint ihr, all das könnte von einem Moment zum nächsten verschwunden sein, und dann ...

Sie hat stechende Schmerzen in der Brust, und sie kann kaum noch atmen. Ihre Hände arbeiten mechanisch. Das geringste Geräusch, und wäre es nur eine raschelnde Maus, würde ihr jetzt einen Angstschrei entlocken.

Was hat ihre Mutter ihr sagen wollen? Sie ist eine ungewöhnliche Frau. Manche halten sie für ein bisschen verrückt. Wird sie aus irgendeinem Grund auf die Polizeiwache abgeführt, dann haben die Beamten erst einmal etwas zu lachen.

Und sie lacht mit. Zieht ihre komische Nummer ab. Trotzdem behält sie stets einen klaren Kopf, und sie weiß sehr gut, weshalb Joséphine sich verheiratet hat. Und warum sie die andern im Glauben lässt, ihre Mutter sei tot.

Lange genug sind sie von Viehmarkt zu Viehmarkt gezogen, dieses Leben auf der Landstraße, in Dritter-Klasse-Waggons und mickerigen Wohnwagen, die ganze Truppe, Alt und Jung durcheinander, ob mit Magenkrämpfen oder, als Frau, mit Unterleibsbeschwerden …

Zweimal ist die Alte, die Katzenmutter, schon operiert worden! Und sie müsste sich noch einmal einem Eingriff unterziehen, aber sie will nicht. Sie weiß, was das ist, ein Krankenhaus, und sie hat nicht mehr lange zu leben.

»Deine Papiere …«

Immer ist da irgendein Gendarm oder Polizist, der einen nach den Papieren fragt.

»Kannst gleich mitkommen …«

Selbst wenn man nichts ausgefressen hat, muss man irgendwo in einer Ecke warten, eine Menge Fragen beantworten und meist noch die Nacht auf der Wache verbringen.

»Nun hau ab, und dass ich dich nicht wieder erwische …«

Manche gewöhnen sich daran. Die Katzenmutter zum Beispiel. Auch als Joséphine ihr, wie sie es am Anfang tat, Geld schickte, konnte sie sich nicht dazu entschließen, anders zu leben.

Was aus Justin, dem Ältesten, geworden ist, weiß keiner.

Eine ordentliche Keilerei war das damals! Mit den Fahrenden aus Poitiers, der Bande des Tätowierten, wie man sie nannte.

Was wollten die überhaupt in La Roche, wo doch abgemacht war, dass das zum Gebiet der Fahrenden aus Nantes gehörte? Hatten sie vielleicht in Poitiers und Umgebung Scherereien gehabt? Wie dem auch sei! Abgemacht ist abgemacht. Sie tauchen also auf, schmutzig und lärmend wie immer. Besetzen gleich die besten Plätze. Justin redet ein ernstes Wörtchen mit ihnen, und die feixen nur. Der Tag geht so leidlich über die Bühne, ein schöner Septembermarkt, das sind die einträglichsten, denn nach Johanni haben die Bauern die Taschen voll Geld. Ab und zu fliegen ein paar Beleidigungen von Stand zu Stand, hin und her.

Es waren die Leute des Tätowierten, die am Abend den Anfang machten. Justin und die Frauen, auch Joséphine war dabei, saßen ruhig im hinteren Saal des Chêne Vert. Da kommen die andern. Noch ein Wortgefecht. Und dann plötzlich die Schlägerei. Einer packt eine Flasche am Hals und wirft sie. Einige behaupten, es sei Justin gewesen, andere bestreiten das.

Die Flasche trifft nicht den Tätowierten, sondern eine seiner Frauen, er hat nämlich zwei, zwei rothaarige Schwestern voller Flöhe.

Und die bricht unter großem Geheul zusammen:

»Er hat mich umgebracht! ...«

Das stimmte sogar. Sie starb nicht auf der Stelle, aber etwas später im Krankenhaus. Justin hatte kaum Zeit, sich von seiner Mutter zu verabschieden, bevor er untertauchte.

Joséphine hatte richtig entschieden. Sie war ohnehin nicht für dieses Metier geschaffen. Allerdings hat sie sich nie beklagt. Teilnahmslos stand sie hinter der Auslage, und damit zog sie die Kundschaft nicht eben an.

Einmal, als einer von der Truppe mit ihr anzubändeln versuchte, schaute sie ihm in die Augen, ohne mit der Wimper zu zucken.

»Bist du verrückt, Victor?«

Eine Woche lang hatten sie die Polizei auf dem Hals; Justin hatte sich abgesetzt. Die Truppe zerstreute sich. Und Joséphine tat gut daran, sich ebenfalls abzusetzen, nach Fontenay, wo keiner sie kannte, und sich im Gasthof Trois Pigeons anstellen zu lassen.

Dann, eines Tages, schrieb sie ihrer Mutter:

Ich werde heiraten. Mein Mann hat einen großen Bauernhof, und ich werde hier in Ruhe leben können. Wenn Du willst, kann ich Dir Geld schicken, aber es ist besser, wenn Du mich nicht besuchen kommst.

Jahre später war sie auf dem Markt in Fontenay Victor begegnet, jenem Mann, der seinerzeit seinen Spaß mit ihr haben wollte. Sie hatte ihm verstohlen zugenickt. Sie hatte so getan, als würde sie sich für die Spitzen interessieren, und ihn flüsternd gefragt:

»Wo ist meine Mutter?«

»In Paris ... Ich habe sie noch letzte Woche gesehen ...«

»Ich habe meinem Mann gesagt, sie sei tot ... Er ist sehr misstrauisch ...«

Es war richtig gewesen – auch die Katzenmutter sah das so –, die Gelegenheit beim Schopf zu packen und sich zu verheiraten, ein Haus und Geld zu haben ... So hatte wenigstens eine ihre Ruhe!

Wenn sich die Leute der Truppe zufällig wieder trafen, war auch stets von ihr die Rede.

»Und Joséphine?«

»Sie lebt in der Vendée ... Hat geheiratet und eine Tochter bekommen, die sie zu Nonnen in ein Internat gegeben hat ...«

Und nun schickte ihre Mutter plötzlich die Botschaft: *Gefahr!*

Bei Gott, sie wusste doch, dass Gefahr drohte! Sie hatte es immer gewusst! Zwar hatte Étienne sie geheiratet, aber sie hatte nie das Gefühl gehabt, er sei ganz aufrichtig. Der Argwohn lag in seinem Charakter. Gerade wenn es ihm gut ging, trug er sich mit Hintergedanken.

Nun war es zu spät für ein anderes Leben! Joséphine hatte wirklich getan, was in ihrer Macht stand. Als die Mutter Roy noch lebte, bewegungsunfähig in ihrem Zimmer im oberen Stock, war sie es, die sie pflegte, die sie an- und auszog, die sich um ihre Notdurft kümmerte. Und dann hatte auch sie ihr, es war an einem Winterabend, zusammen mit Madame Praud das Totenhemd angezogen.

Man konnte ihr keinen Vorwurf machen, nicht einen einzigen! Nie war der Haushalt so gut geführt worden. Sie kümmerte sich um alles und jedes, und doch sah sie immer ansprechend aus und war liebenswürdig, ohne kokett zu sein. Männergeschichten ... Nichts dergleichen! Nicht einmal ein kleiner Flirt! Gab es etwa in Sainte-Odile viele Frauen, die das von sich sagen konnten, abgesehen von den Hässlichen, für die sich niemand interessierte?

›Und doch stehe ich vielleicht eines Tages wieder auf der Straße …‹

Zwanzig Jahre lang hatte sie nie aufgehört, daran zu denken. Der Geruch des Elends schnürte ihr die Kehle zu. Beim Gedanken an jenes Leben trat ihr der Schweiß auf die Stirn.

Nein! Niemals! … Sie wusste wirklich, wie das war!

Aber was konnte nicht noch alles geschehen? Wer wusste das schon?

Sie steht auf wie ein Automat, geht in den Hof, um ihre Schürze auszuschütteln. Dann spült sie die Muscheln ab, lässt sie abtropfen, wechselt zwei- oder dreimal das Wasser, schneidet über dem Kochtopf Karotten, einen Zweig Petersilie und zwei große Zwiebeln.

»Jede Wette, die beiden kommen wieder …«

Sie erschrickt. Lucile hat die Unart, immer lautlos die Treppe herunterzukommen und plötzlich vor einem zu stehen, gerade wenn man sie am wenigsten erwartet.

»Er ist sicher nicht ihr Mann …«, sagt sie und stellt das Mittagessen des Verletzten auf ein Tablett.

Joséphine hört nichts. Es ist, als geschähe das alles in einer andern Welt. Es gibt nur einen, der möglicherweise …

Es war an einem klaren Herbstmorgen, Ende September. Die Luft war so frisch wie ein kühles Getränk. Joséphine war im Morgenrock gewesen, noch ungekämmt und ungewaschen, als sie die Fensterläden im Trois Pigeons öffnete. Vorn an der Straßenecke hatte jemand gepfiffen. Sie hatte einen jungen Mann wiedererkannt, der zu der Händlertruppe gehörte. Er war fast noch ein Junge, siebzehn Jahre alt, und alle nannten ihn Krauskopf.

Merkwürdig, wenn sie jetzt daran dachte, dass sie gezögert hatte, dass ihr erster Gedanke gewesen war, sich gleich ins Haus zurückzuziehen und sich den ganzen Tag nicht draußen blicken zu lassen.

Außer nach Justin fahndete die Polizei nämlich auch nach dem Krauskopf. Laut Zeugenaussagen war es einer der beiden, der die Flasche geworfen hatte.

Sie hatte noch genau vor Augen, wie sie, die Hand am Fensterladen, innerhalb weniger Sekunden die Entscheidung ihres Lebens fällte, den Fensterladen zuschlug, hinausging, sich vergewisserte, dass niemand sie beobachtete, und die Straße bis zur Ecke hinunterrannte.

»Sollen sie mich nur erwischen ...«, sagte der Krauskopf, der den Abgefeimten spielte, dabei aber zitterte.

»Warum verschwindest du nicht?«

»Kein Geld ...«

»Ich habe auch keins ...«

Sie standen hinter dem Fischmarkt, an der Place du Commerce. Nicht weit von ihnen tummelten sich vor der Stadt die Wildenten.

»Wenn du mir nur für ein oder zwei Tage ein Versteck verschaffen könntest ...«

Der Wirt rief nach ihr. Sie sagte aufs Geratewohl:

»Komm wieder, wenn es dunkel ist ...«

»Ganz sicher? ... Sonst stelle ich mich nämlich lieber ... Ich habe seit gestern früh nichts gegessen ...«

Er verbarg sich den Tag über im Gebüsch hinter der Mühle und hätte sich beinahe von einem Angler erwischen lassen.

Um sieben Uhr sah ihn Joséphine wieder. Er drückte sich an die Mauer des Fischmarkts und machte einen so elenden

Eindruck, dass ihr bei seinem Anblick die Tränen in die Augen stiegen.

»Ich habe kein Geld auftreiben können …«, teilte sie ihm mit. »Der Chef lässt seine Schublade nicht aus den Augen … Ich habe nur das hier …«

Eine Handvoll Münzen, ihr Trinkgeld.

»Dann gehe ich und stelle mich …«

»Nein, tu es nicht …«

»Wenn du mich nicht bei dir verstecken kannst …«

Sie hatte nachgegeben und ihn in den Hof des Trois Pigeons gelassen, der immer mit Planwagen und Karren vollgestellt war. Nachts war sie ihn dann holen gegangen, und er hatte in ihrem Zimmer geschlafen.

»Nichts anderes!«, hatte sie ihm zu verstehen gegeben.

Er hatte gegessen, hatte eine Flasche Wein getrunken und geschlafen.

Erst in der dritten Nacht geschah es … Er flehte sie an wie ein kleiner Junge … Er sprach fortwährend davon, sich zu stellen …

Er hatte einen weinroten Fleck auf der Wange …

Die Männer kamen mit schweren Schritten auf den Hof zurück. Die Tiere mussten getränkt werden. Étienne warf im Vorbeigehen einen Blick – einen duckmäuserischen Blick – durchs Küchenfenster.

»Und wenn du mir ein Kind gemacht hast?«

Sie hatte es damals, nackt auf dem schmalen Bett, den Blick zur Decke gerichtet, beinahe träumerisch gesagt, und sie erinnerte sich an sein Lachen, dieses Männer- oder vielmehr Jungenlachen: Er war ganz stolz.

»Meinst du das ernst?«, hatte er geantwortet.

Warum war sie sich beinahe sicher?

»Morgen werde ich versuchen, hundert Franc aus der Schublade zu nehmen. Es ist Markttag ...«

Sie hatte noch mehr genommen, ohne es zu wollen. Ein Bauer hatte seine Jacke an der Wand aufgehängt. Sie hatte die Brieftasche gesehen, sie sich geschnappt und im Hof draußen geöffnet.

»Da, nimm! ... Jetzt musst du aber fort ... Gleich wird der Mann Krawall schlagen, und dann sind die imstande und durchsuchen das Haus ...«

Sie hatten sich zum Abschied nicht einmal geküsst.

»Danke!«, hatte er nur gesagt und die Banknoten in seine Tasche gleiten lassen. »Du bist eine *tolle* Frau ...«

Ihre Verwirrung war noch größer als seine. Immer diese Vorstellung, dass ...

Merkwürdigerweise hatte der Bauer nichts verlauten lassen. Als er aus dem Trois Pigeons kam, wo er seinen Wagen gelassen hatte, war er zunächst ins Bordell gegangen. Er merkte erst hinterher, dass ihm Geld abhandengekommen war, und traute sich nicht, etwas zu sagen ...

Noch ein anderer saß da in einer Ecke, ein etwas schwerfälliger Knabe, der Joséphine nicht aus den Augen ließ, der ihre Hand streifte, wenn sie ihn bediente, und der stundenlang sitzen blieb, nur um einen Blick von ihr zu erhaschen.

Joséphine war nicht gleich am selben Tag auf die Idee gekommen, das nicht. Und doch dachte sie nur ganz vage:

›Wenn *es* passiert sein sollte ...‹

Das bewog sie dann auch, einige Tage später ihren Chef zu fragen:

»Wer ist das?«

»Er heißt Étienne Roy … Nicht zu beklagen, der Mann … Sein Vater hat das beste Land in Sainte-Odile …«

Zweimal schon war der Wirt zu ihr hinaufgestiegen und hatte diskret an die Tür gepocht. Sie hatte so getan, als hörte sie es nicht. Aber ewig würde das nicht so bleiben können.

Mit ängstlicher Neugier, aber doch ganz ruhig erwartete sie einen bestimmten Tag, und als es so weit war und einige Tage darüber hinaus vergangen waren, machte sie sich etwas länger in der Ecke zu schaffen, in der Étienne Roy immer saß.

Man weiß nie so genau bei einem Mann. Der hier war eine sonderbare Mischung aus Argwohn und Treuherzigkeit. Jetzt galt es, nicht allzu lange abzuwarten, denn sie war nun ziemlich sicher, dass sie ein Kind erwartete. Aber sie durfte auch nicht voreilig handeln.

Sie rechnete. Sie tat nichts unüberlegt. Einmal nahm sie sich frei und fuhr mit dem Überlandbus am Hof Gros-Noyer vorbei, wagte aber nicht auszusteigen.

Am übernächsten Tag folgte ihr Roy mit pochenden Schläfen die Treppe im Trois Pigeons hinauf.

Es war warm im Haus. Die Brüder Chaillou, von dem Tischtuch und dem schönen Gedeck etwas eingeschüchtert, klappten ihre Messer auf, während sich der alte Roy die Hände wusch.

»Ist der Briefträger nicht gekommen?«, fragte Étienne, obwohl er ihn sicher vom Feld aus gesehen hatte.

Seine Frau holte das mit einer Banderole umwickelte Landwirtschaftsblatt, das auf der Nähmaschine lag. Wehe, wenn er Bescheid wusste, wenn er hereingekommen war, während sie den Zucker und die Muscheln besorgt hatte. Sie versuchte es ihm anzusehen, aber bei ihm war das unmöglich.

Während sie sich als Letzte Muscheln nahm, sagte sie mit teilnahmsloser Stimme:

»Es sind Leute da gewesen, aus Fumay in den Ardennen ... Eine Frau, die glaubt, ihren Mann wiederzuerkennen ...«

»Da werden bestimmt noch mehr kommen!«, warf einer der Brüder Chaillou ein.

»Wie kommst du darauf?«

»Na, wegen der sechzigtausend Franc! ... Für das Geld wird ihn so ziemlich jede wiedererkennen wollen, deren Mann sich aus dem Staub gemacht hat ...«

Joséphine machte eine falsche Bewegung, sodass eine kleine Ecke der Postkarte aus ihrer Bluse hervorsah. Sie erhob sich, um Holz nachzulegen, in Wahrheit aber, um sich vom Tisch abzuwenden.

Hatte ihr Mann, der ihr gegenübersaß, etwas gesehen?

Während der zwanzig Jahre – zweiundzwanzig, um genau zu sein – war sie nach und nach ruhiger geworden, war zu der Überzeugung gelangt, dass niemals etwas herauskommen würde.

Und dann plötzlich, eines Unbekannten wegen ... Denn sie kannte ihn nicht, so viel war sicher. Es war weder der Krauskopf noch ihr Bruder. Und doch kam ihr die Schrift, in welcher die Adresse von Gros-Noyer auf den Zettel geschrieben war, bekannt vor.

Aus diesem Grund hatte sie das Papier zu verstecken versucht.

Das Leben auf der Straße ... Sie hatte alles getan, um nicht dahin zurückkehren zu müssen, noch dazu mit ihrer Tochter, denn wer weiß, falls Étienne doch einmal herausfinden sollte …

Sie war so weit gegangen, Novenen zu halten, ja, neuntägige Andachtsübungen, denn sie war überzeugt, alles würde in Ordnung kommen, wenn sie nur andere Kinder haben könnte, Kinder von Étienne.

War es ihre Schuld, dass sie keine bekam? Sicher nicht. Es musste ja an ihm liegen, aber sie konnte es ihm nicht sagen. Wenn er sich ärztlich untersuchen lassen und man ihm eröffnen würde, dass …

Sie war Madame Roy, und sie erfüllte diese Rolle. Sie würde sich doch nicht von ihrer eigenen Tochter aus dem Gleichgewicht bringen lassen, ihrer Tochter, die niemandem aus Sainte-Odile glich und die mit ihrer ganzen Haltung und Erscheinung, mit jeder Bewegung absichtlich zu bekunden schien, dass sie zu einem andern Schlag gehörte!

Eine nach der andern wanderten die leeren Muschelschalen in die große Schüssel in der Mitte des Tisches. Die Männer nahmen eine möglichst große Schale, um damit geräuschvoll den Sud zu schlürfen.

Was ging nur hinter Étiennes niedriger Stirn vor, in diesem Schädel unter den dichten, widerspenstigen Haaren?

Der alte Roy war weniger gefährlich. Vielleicht aber auch schlauer? Joséphine hatte von Anfang an das Gefühl gehabt, dass er mehr wusste, als er sich anmerken ließ … Wenn er allerdings zwanzig Jahre lang geschwiegen hatte, würde er auch weiterhin nichts sagen. Er sah sie an, weiter nichts. Ihm konnte nichts daran liegen, dass sich im Haus etwas veränderte. Sie war zu ihm immer freundlich gewesen und kümmerte sich um ihn, so gut sie konnte, während seine eigene Frau ihm doch nichts hinterlassen hatte.

Es war Étienne, der den Hof und das Land von seiner Mutter geerbt hatte.

Auch der Alte hätte, wenn man es sich überlegte, auf der Straße landen können. Und vielleicht begegneten sie einander gerade deshalb mit dieser einvernehmlichen Achtung, die sie fast wie heimliche Komplizen wirken ließ.

Joséphine Roy nahm den Deckel vom Topf und goss den dampfenden Sud in eine Steingutschüssel, während Lucile die Muschelschalen vom Tisch räumte.

7

Scheinbar hatte sich nichts geändert. Alles hatte seine Zeit, jedes Ding stand an seinem Ort, Menschen und Tiere taten, was ihnen oblag, man kam zu bestimmten Uhrzeiten bei Tisch zusammen – in jeder Bewegung zeichnete sich der Alltag ab; Joséphine Roy hatte den neidvollen Blick jener Frau aus dem Norden sehr wohl gesehen – nicht der Tochter, sondern der Mutter –, als diese sich im Weggehen nach dem Haus umgedreht hatte, das sie so gerne selbst besessen hätte.

Und doch hatte man das Gefühl, die Figuren in diesem einstudierten Alltag würden, während sie sich so durch Zimmer und Ställe, über Äcker und Wiesen bewegten, bisweilen von Panik ergriffen, wenn sie einander begegneten, und könnten nur schlecht das Verlangen unterdrücken zu fliehen.

Dass es zu der Begegnung am Freitag kam, war eigentlich nur ein zufälliges Ausscheren aus diesem Eiertanz.

Étienne Roy würde es nie glauben. Er würde sein Leben lang davon überzeugt bleiben, seine Frau habe ihm nachspioniert. Der Sinn hätte ihr weiß Gott danach gestanden. Aber eben nicht an diesem Tag.

Dreimal innerhalb einer Woche hatte er einen Vorwand gefunden, um nach Fontenay zu gehen. Allerdings stimmte es, dass es die ganze Zeit regnete und man nicht draußen arbeiten konnte. Was hatte er am Montag vorgeschützt? Ach, ja ... Ungeschickt wie ein Kind, das lügt, hatte er beim Mittagessen eine schmerzverzerrte Miene aufgesetzt.

»Es ist wahrscheinlich besser, wenn ich zum Zahnarzt gehe ...«, hatte er gemurmelt.

Zugegeben, er hatte schon seit Wochen über einen Zahn geklagt, aber er hatte den Zahnarzt immer gemieden.

Vielleicht hätte Joséphine besser geschwiegen? Sie erwiderte:

»Montags ist keine Sprechstunde ... Da geht der Zahnarzt nämlich nach Damvix ...«

Na und? Roy legte sich etwas anderes zurecht. Kurz nach drei, Joséphine war in der Küche, kam er über den Hof, das Fahrrad schiebend, einen Regenschutz übergeworfen.

»Ich gehe bei der Genossenschaft vorbei, Nitrat bestellen ...«

Es war nach sechs, als er wieder zurückkam. Am Mittwoch dann hatte er die Graue angespannt, um vier Säcke Spezialdünger zu holen. Am Donnerstag war er umhergestrichen, hatte sich aber nicht getraut wegzugehen.

Und jetzt, am Freitag, spannte er wieder die Graue an, obwohl doch erst am nächsten Tag Markt war. Vielleicht hatte er keinen Vorwand gefunden, jedenfalls sagte er nichts und vermied es auch, im Vorbeigehen in die Küche zu schauen.

Eine Stunde verstrich. Joséphine ging ihrer Arbeit nach. Dann, gerade als sie das Kupfer polieren wollte, das bereits auf dem Tisch aufgereiht stand, bekam der Kranke oben einen Anfall. Man gewöhnte sich allmählich daran. Es war immer dasselbe: Plötzlich packte ihn panische Angst. Er

erkannte Lucile nicht mehr und stürzte zitternd und zähne-
klappernd zur Tür oder ans Fenster, einmal auch zum Kamin,
durch den er hinauszukommen versuchte.

»Maman! ...«

Als Joséphine ins Zimmer kam, hatte er sich schon beru-
higt und blickte, wieder zu Atem kommend, beschämt um
sich, als ob er sich des ganzen Kummers bewusst würde,
den er den beiden Frauen bereitete.

»Maman, es ist keine Medizin mehr da ...«

Der Arzt hatte empfohlen, ihm jeweils nach solchen
Anfällen einige Tropfen zu geben. Das Fläschchen war
leer. Lucile schaute aus dem Fenster hinaus auf das feuchte
Land.

»Wenn ich gewusst hätte, dass Vater in die Stadt geht ...«

»Gib her ...«

»Gehst du?«

So war es dazu gekommen, ohne dass sie es geplant
hätte. Was war nur mit Joséphine Roy los? Hatte sie Ma-
genkrämpfe? Sie stand unten in ihrer Küche und rang nach
Atem.

Sie setzte den Hut auf, zog den Mantel an und holte im
Schuppen das Fahrrad. Dann radelte sie langsam die wie
ein Wasserlauf glänzende Straße entlang. Es war dunkel, als
sie in Fontenay ankam. Sie fuhr die Rue de la République
hinunter und betrat die Apotheke an der Brücke.

»Wenn Sie noch etwas anderes zu besorgen haben, kommen Sie doch in einer Viertelstunde wieder. Dann ist es fertig.«

Sie war so frei von Hintergedanken, dass sie sich schon
anschickte Platz zu nehmen, um zu warten. Aber da die

beiden Stühle neben dem Ofen besetzt waren, ging sie hinaus.

Das war der Augenblick, als ihr die ganze Umgebung plötzlich wie eine Theaterkulisse vorkam. Vom Bahnhof her erstreckte sich die Rue de la République vor ihr, beidseitig von Gaslaternen gesäumt. An ihrer tiefsten Stelle bildete sie fast eine Art Senke, um auf der anderen Seite wieder steiler zur Place Viète hin anzusteigen. Vor den Häuserfluchten bewegten sich einige vereinzelte Gestalten.

Joséphine hatte die Brücke überquert. Keine dreißig Meter weiter, an der Stelle der Senke, einige unebenmäßige Mauerflächen, gegeneinanderstehende Giebel, hinter den Fenstern ein schwacher Lichtschimmer: der Gasthof Trois Pigeons.

Vor einen Wagen gespannt ein Pferd, das mit dem Huf scharrte: Joséphine erkannte die Graue.

Seit einer Ewigkeit hatte sie Étienne nicht mehr im Trois Pigeons gesehen. Immer ging er ins Café des Colonnes. Wenn sie sich in der Stadt trafen oder ein Paket hinterlegen mussten, dann immer im Café des Colonnes.

Zögernd stand sie da. Es nieselte, sie spürte die Tropfen, die sich auf ihr Gesicht setzten und einen feinen Schleier auf ihre Haare legten.

Dann trat sie ein. Schweigen empfing sie, nichts rührte sich, bis auf einen Mann, der zu viel getrunken hatte und laut faselte. In der Mitte des niedrigen Saals saßen vier Leute an einem Tisch, an einem andern schlummerte ein Alter, die Kellnerin stand an der Theke, auf einem Strohstuhl lag eine schwarz-weiße Katze, und dort hinten, halb im Dunkeln, saß ganz alleine, den Kopf gesenkt, Étienne Roy.

Er blickte hoch, schien zu erschrecken. Es sah sogar aus,

als wollte er aufstehen, aber schließlich blieb er doch sitzen und sagte mit verschleiertem Blick wie jemand, den man aus einem Traum reißt:

»Was ist los?«

Sie setzte sich neben ihn, legte ihre Tasche auf den Tisch.

»Nichts ... Wir hatten keine Arznei mehr ... Und du warst schon weggegangen ...«

Auf dem Tisch stand ein Glas Schnaps, daneben zwei Untertassen.

»Eine Limonade, Mademoiselle«, sagte sie zu der wartenden Kellnerin.

Nichts weiter geschah, und doch hatten sie nie einen bangeren, beklemmenderen Augenblick miteinander erlebt.

Bis jetzt hatte sich jeder seine eigenen Gedanken gemacht, im Rahmen seines Alltags, und diese Gedanken wurden immer wieder von tausend kleinen Sorgen und Beschäftigungen unterbrochen.

Nun aber saßen sie plötzlich – zufällig, denn es war wirklich ein Zufall, dass Joséphine da war – nebeneinander in einem Raum, in dem sie sich das letzte Mal zweiundzwanzig Jahre zuvor zusammen aufgehalten hatten und der sich nicht verändert hatte. Es gab nichts zu tun, sie hatten sich nichts zu sagen.

Sollten sie aufstehen? Gehen?

Sie starrten vor sich hin und hörten wie eine ferne Schlagermelodie das Gefasel des Betrunkenen und das Gelächter seiner Kumpane.

»... Sag ich dem also ... Hör schon zu, wenn ich was erzähle! ... Wenn du denkst, ich wär vor dem gekrochen ... Ich sag ihm also:

134

›Eugène, du bist noch dümmer, als du aussiehst, und das will was heißen ...‹«

Joséphine rieb sich die Augen. Nicht dass sie geweint hätte. Es waren immer noch Regentropfen auf ihrem Gesicht.

Hierher also verzog sich Étienne unter allerlei Vorwänden – oder eben ohne Vorwand! Da hockte er in seiner Ecke, derselbe Étienne wie damals. Auch damals hatte immer eine Katze auf einem Stuhl gelegen. War es nicht auch eine schwarz-weiße gewesen wie diese da? Vielleicht gehörte sie gar zu deren Nachkommenschaft, so wie die Graue draußen von der damaligen Grauen abstammte ...

Sie hätte ihm gerne gesagt ...

Was? Hätte gerne sachte seine Hand in ihre genommen und ihm zugeflüstert:

›Mein armer Étienne! ...‹

Es war vielleicht das erste Mal, dass sie Mitleid mit ihm hatte. Was konnte sie für ihn tun? Nichts! Nichts zu machen! Sie konnte ihm die Wahrheit nicht gestehen. So wie es um ihn stand, konnte alles, was sie tat und was sie sich einfallen ließ, sein Misstrauen nur steigern.

Sie fühlte, es war bei ihm zur fixen Idee geworden. Er lebte von früh bis spät mit diesem Gedanken, er schlief damit ein und erwachte damit, fuhr aus dem Schlaf auf.

»Bezahl mal ...«, sagte sie leise.

Er hob seinen stieren Blick, trank sein Glas aus und kramte in seiner Tasche nach Kleingeld.

»Wir müssen noch bei der Apotheke anhalten ...«

Sie hob ihr Fahrrad hoch, um es in den Wagen zu legen, und er war ihr dabei behilflich. Es regnete immer noch, aber nicht so stark, dass man das Verdeck hätte zuziehen müssen. Sie fuhren über die Brücke. Joséphine musste noch einige Minuten auf das Medikament warten. Der Laden war grell beleuchtet. Sie schaute hinaus. Das Pferd stand im Lichtschein des Schaufensters, während der Wagen im Dunkeln blieb; Roys Gestalt auf dem Kutschbock erschien so riesig, dass ein Grauen sie überlief.

Sie bekam Angst, wirkliche Angst. Nicht vor etwas Bestimmtem. Eine umfassende Angst – Angst vor ihm, vor der Zukunft. Angst vor dem Schicksal.

»Acht Franc fünfzig, Madame Roy …«

Sie legte geistesabwesend das Geld hin. Gleich darauf saß sie auf dem Sitz neben Étienne, der die Zügel hielt. In der Steigung fiel die Stute in einen langsameren Trott.

Es war lange her, seit sie zum letzten Mal zusammen auf dem Wagen gefahren waren. Ein paarmal stießen ihre Körper gegeneinander. Hinter dem Bahnhof tauchten sie in vollkommene Dunkelheit, und einzig ihre Laterne war noch sichtbar in der Nacht.

Beinahe hätte sie ihm gesagt:

›Halt an …‹

Noch nie war sie so nervös gewesen. Vielleicht weil sie zu lange mit ihren Gedanken alleine gelebt hatte? Vielleicht auch wegen Wachtmeister Liberge? Das war Absicht, dass er so im Dorf umherstreifte, dass er plötzlich auf Gros-Noyer auftauchte und vor dem Tor stehen blieb, ohne einzutreten.

Er wollte, dass sie es sah! Wenn sich der Vorhang bewegte oder Joséphine kurz den Kopf zur Stalltür herausstreckte, deutete er mit der Hand an der Dienstmütze einen Gruß an und schwang sich wieder auf sein Fahrrad.

Was konnte sie tun? Am liebsten wäre sie nach Paris gefahren, um ihre Mutter aufzusuchen. Seit einer Woche ging ihr diese Idee nicht mehr aus dem Kopf. Aber wie sollte sie eine solche Reise begründen? Ein einziges Mal waren sie zusammen nach Paris gefahren, im Jahr der Weltausstellung.

Er schwieg, und auch sie sagte nichts. Keiner konnte die Augen des andern sehen, nur ein vages Profil, eine etwas hellere Fläche, die sich vom dunklen Hintergrund abhob.

Sie versuchte sich zu beruhigen. *Es gab keine Beweise, und es würde sie nie geben!* Und solange es keinen Beweis gab ...

Weshalb hatte ihre Mutter ihr die Karte mit dem Geheimzeichen geschickt? Hatte sie das Bild des Mannes in den Zeitungen wiedererkannt? Wer war er? Was wollte er?

Am Vortag noch waren die beiden Ärzte wiedergekommen, waren hinaufgegangen, wie stets, ohne sich um die Roys zu kümmern. Man hörte, was sie sagten, aber sie gebrauchten Wörter, die man nicht immer verstand.

»Wir kommen nächste Woche wieder ...«, hieß es.

»Glauben Sie, dass er wieder ganz zu sich kommt?«

»Möglicherweise ... Es ist sogar wahrscheinlich ... Aber wann das sein wird ...«

Die Schranke beim Bahnübergang zwischen den Feldern war geschlossen. Man hörte den Zug, sah schon von weitem die Rauchwolke, die er ausstieß, dann flitzten die hell erleuchteten Fenster vorbei, dahinter die unbewegten Gesichter der Reisenden.

Die Schranke ging hoch, der Bahnwärter schlurfte in sein Häuschen zurück, während die Graue sich wieder in Bewegung setzte.

»Sechs Uhr ...«, sagte Joséphine, denn um diese Zeit kam der Zug vorbei.

Es war, als redete sie ins Leere. Dort lag das Haus, sechshundert Meter weit entfernt, unter den großen Bäumen, die sich schwarz vor dem dunklen Himmel abzeichneten.

Vermutlich war der alte Roy bereits beim Melken. *Er* wusste Bescheid! Die genaue Wahrheit konnte er nicht kennen, aber er ahnte sie. So viel stand für Joséphine fest. Sie merkte es an seinem Blick. Schon immer! In diesem Blick lag auch etwas wie ein Versprechen, nichts zu sagen.

Und aus welchem Grund? Nicht aus Zuneigung zu ihr. Verachtete er sie? Oder ließ ihn das alles kalt? Wo doch Étienne gar nicht sein Sohn war ...

Und Lucile? Seit der Unbekannte bei ihnen einquartiert war, hätte man meinen können, sie sei eifersüchtig auf ihre Mutter. Was mochte sie vermuten? Wohl auch nicht die ganze Wahrheit ...

Was Roy betraf ...

Zweimal noch war sie versucht, ihre Hand auf seine zu legen ... Nicht aus einem Anflug von Zärtlichkeit und auch nicht aus Mitleid. Sie liebte ihn nicht. Hatte sie jemals jemanden geliebt? Er war ein Mann. Sie lebten zusammen, arbeiteten zusammen. Sie kannte seine Marotten, seine kleinen Fehler, und normalerweise konnte sie seine Gedanken erraten.

Sie war ihm gegenüber nachsichtig wie eine ältere Schwester, das war ihm bewusst. Immer hatte er ein wenig Angst vor ihr gehabt, vor ihrem Blick, der Lügen durchschaute, vor ihrer Gleichgültigkeit gewissen Fehlern und Schwächen gegenüber.

Neu daran war für Joséphine nur – und auch erst jetzt, seit sie so dicht nebeneinander auf dem Wagen saßen – das Bewusstsein, dass sie auf eine nicht zu erklärende Weise miteinander verbunden waren. Dabei spielte es kaum eine Rolle, dass sie zwanzig Jahre lang im selben Bett gelegen und miteinander geschlafen hatten, und auch die Arbeit, die Sorgen, die sie geteilt hatten, waren nicht weiter von Belang. Was sie nun zu spüren begann, war etwas anderes, etwas unvergleichlich Stärkeres, wie diese Gebärde, die sie sich verbot: ihren Mann beim Arm zu fassen ...

Wirklich! Ja, sie hätte sich am liebsten an ihn geklammert! In der dunklen, feuchtkalten Unermesslichkeit der Nacht waren sie ein Paar, sie konnten und mussten ein Paar sein. Sonst ...

Joséphine hatte Angst, so war es doch, Angst vor allem und jedem und noch dazu vor diesem Mann, der neben ihr saß und der sie hätte beschützen können.

Er war nie sehr gesprächig gewesen. Und nun sagte er sozusagen überhaupt nichts mehr, gerade noch das Allernötigste, dann versank er wieder in sich selbst, und niemand konnte ihm in diese Welt folgen.

»Étienne! ...«

Nein! Es war unmöglich. Sie hatte ihm nichts zu sagen. Und selbst wenn sie ihm schwören würde, dass Lucile sein Kind sei ...

Wer weiß, vielleicht war der Unbekannte gerade jetzt wieder zu sich gekommen. Wie würde er sich äußern? Würde man endlich erfahren, was er auf Gros-Noyer gewollt hatte?

Es waren wohl zwei Minuten verstrichen, seit sie »Étienne« gesagt und danach geschwiegen hatte. Jetzt meldete er sich:

»Was ist?«

»Nichts … Ich weiß es nicht mehr …«

Im ersten Stock war Licht zu sehen und auch im Stall. Die Stute trabte in den Hof und hielt dort an, wo sie seit je angehalten hatte.

Joséphine Roy ging eilends in die Küche, als gälte es einer Gefahr zu entrinnen. Sie machte unverzüglich Feuer, fachte es an, noch bevor sie ihren Hut ablegte.

Jedes Ding stand an seinem Platz, auf dem Tisch noch das Kupfer, daneben das offene Fläschchen mit dem Reinigungsmittel.

Sie war todmüde. Ihre Beine waren steif wie nach harter Arbeit, und es war ihr, als käme sie von weit her zurück. Nichts war passiert, gar nichts. Sie war nach Fontenay geradelt, und sie war von dort mit Étienne zurückgekommen.

Trotzdem war ihr klar, dass sie einen Augenblick an eine Welt gerührt hatte, die ihr unbekannt gewesen war. Ein Hauch von etwas hatte sie gestreift, das nichts Alltägliches mehr hatte.

Sie hatte Angst.

Sie ging mit gerafften Röcken die Treppe hinauf, öffnete die Schlafzimmertür. Lucile saß lesend neben dem schlafenden Mann und sah ihr entgegen.

»Was hast du?«

»Nichts … Was sollte ich schon haben?«

»Ich weiß nicht …«

Man sah es ihr also an!

›Ich muss nach Paris, es geht nicht anders‹, entschied

Joséphine im Stillen. ›Es wird sich schon ein Grund finden, den ich vorgeben kann. Oder ich gehe einfach so. Aber ich muss meine Mutter sehen! Sie wird mir erklären ...‹

Sie zog sich um, schlüpfte in ihre Holzschuhe und ging mit den Melkeimern in den Stall, wo die beiden Männer bereits an der Arbeit waren.

»Übrigens ...«, machte der Alte hinter seiner Kuh.

Sie wartete.

»Der Wachtmeister ist wieder da gewesen ...«

Dann spuckte er aus und sagte nichts mehr.

Es wurde ihr beinahe schlecht, und sie hatte das Gefühl, ihr Körper schwankte im gleichen Rhythmus wie der Wagen, den die Graue gezogen hatte, durch die Leere.

8

Zweimal innerhalb weniger Minuten machte sie einen Fehler. Das eine wie das andere Mal merkte sie es, bemühte sich aber gar nicht erst, ihn wiedergutzumachen. Vielleicht fühlte sie dunkel, dass sie ihrem Schicksal selbst voraneilen musste?

Der erste Fehler bestand darin, dass sie das Haus verließ, um auf dem Feld weiterzuarbeiten. Der zweite war, wieder hineinzugehen.

Sie gab keine Erklärung. Die Stimmung auf dem Hof war inzwischen so, als hätte sich der Raum zwischen den Menschen in einen zwar noch transparenten, aber festen Stoff verwandelt, der Personen und Dinge voneinander trennte.

Es war trocken an diesem Morgen, das richtige Wetter, um die Schwarzwurzeln zu ernten. Auf dem sogenannten oberen Feld an der andern Straßenseite gerade gegenüber dem Haus waren vier Reihen davon angepflanzt. Sie arbeiteten zu dritt, jeder über seine Furche gebeugt, und rückten gleichmäßig vor; Étienne außen an der Straße, daneben Joséphine, wie gefangen zwischen den beiden Männern, schließlich der alte Roy.

Ein Auto war vorgefahren. Das war nichts Ungewöhnliches mehr. Joséphine hatte sich die Hände abgewischt. Sie hatte kein gutes Gefühl, als sie den Wachtmeister in Begleitung eines Unbekannten aussteigen sah, eines kleinen, dicken, immerhin ganz höflichen Mannes, der seinen Hut lüftete und sich für die Störung entschuldigte.

»Ist Mademoiselle Lucile oben?«, fragte Liberge umstandslos. »Wenn ja, lassen Sie sich nur bitte nicht stören, Madame Roy ...«

Er war ganz besonders aufgekratzt, und Joséphine glaubte in seinem Blick so etwas wie Spott zu entdecken.

»Lucile! ...«, rief sie.

»Ja ...«, antwortete ihre Tochter, über das Treppengeländer gebeugt.

Während die beiden Männer hinaufgingen, blieb sie in der Küche stehen. Sie war nicht darüber in Kenntnis gesetzt worden, ob der Mann in Zivil ein Arzt oder ein Polizist war.

Es lag ein seltsames Licht über dem Land, wie manchmal vor einem Unwetter, aber zu dieser Jahreszeit gab es keine Gewitter. Die Sonne schien gelb, glanzlos, einige Wolken waren übertrieben weiß, andere wieder sahen aus wie schmutzige Wattebausche. Joséphine blickte nach draußen, sie fühlte sich unbehaglich.

Und dann, daran war nun nichts mehr zu ändern, dieser Fehler! Sie hatte das Gefühl, Liberge die Stirn zu bieten, indem sie sich wieder den Männern anschloss und zur Feldarbeit zurückkehrte.

Ihr Mann stellte ihr keinerlei Fragen. Er tat so, als ob er weder merkte, dass sie wieder da, noch dass sie überhaupt weggegangen war. Und da beging sie ihren zweiten Fehler: Kaum hatte sie sich wieder über die Saatreihe gebeugt, richtete sie sich erneut auf und ging zum Haus zurück.

Es war stärker als sie. Der Wachtmeister hatte ihr Angst

143

gemacht, vielleicht ohne es zu wollen. Bestimmt blickten Étienne und sein Vater ihr erstaunt hinterher – so hatten sie sie noch nie erlebt.

In der Küche zog sie schnell ihre Schürze aus. Sie ging hinauf, öffnete die Zimmertür und blieb an der Wand stehen, ohne irgendeine Erklärung abzugeben, als gehörte sie schlicht hierher.

Der dicke Mann, der seinen Überzieher abgelegt und eine Pfeife angezündet hatte, saß vor dem Verletzten; Liberge lehnte am Fensterbrett, und Lucile stand etwas abseits. Der Dicke schlug einen gutmütigen Ton an.

»Sie waren auf einem großen Schiff, nicht wahr? ... Anfangs war es sehr heiß ... Sehr heiß ...«

Mit der Geduld eines Schulmeisters spielte er ihm vor, wie sich einer den Schweiß von der Stirn wischt, und setzte dann in verändertem Tonfall noch einmal an.

»Schiff ... großes Schiff ... heiß ...«

Der Verletzte sah ihn furchtlos an, mit einem gewissen Interesse, wie es etwa ein Kind dem Gekrabbel einer Ameise oder den Bemühungen eines auf den Rücken gefallenen Käfers entgegenbringen mag.

Als Joséphine hereingekommen war, hatte sich der Mann zu ihr umgedreht und schien ihre Gegenwart hinzunehmen. Hatte es nicht ausgesehen, als zuckte Liberge vor Freude zusammen?

»Geben Sie mir die Fotografien, Herr Wachtmeister ... Im linken Fach in meiner Mappe ... Im linken ...«

Dann lauschte er, ob er nicht etwas von draußen hörte.

»Ist der Inspektor noch nicht da?«

Er schaute auf seine Uhr, setzte sich wieder und begann

dann sein Hexenwerk. Der Dicke, der ein Kriminalkommissar war, legte dem Gedächtnislosen eine Fotografie nach der anderen vor und gab seine Kommentare dazu.

»Schiff ... Kabine ... Maschinen ... das Meer ...«

Fünfmal, zehnmal fing er wieder von vorne an. Und der Unbekannte hörte ihm aufmerksam, mitunter auch belustigt zu, ohne irgendeine Reaktion zu zeigen, die zu Hoffnung Anlass gegeben hätte. Man hatte ihm die Wisconsin und die Asia gezeigt.

Bilder des Lebens in den Kolonien zogen an seinen Augen vorbei, Hafenansichten, afrikanische Strände, Straßen- und Dorfszenen.

Es war Lucile und nicht ihre Mutter, die Anzeichen von Beklemmung zeigte. Sie wurde bleich und steif, ihr Blick starr, und man hörte das leise Pfeifen ihres Atems.

Sollte aus dem Unbekannten tatsächlich von einem Augenblick zum nächsten ein ganz normaler Mann werden, einer, der über sich sprechen und von seinem Leben erzählen würde?

Joséphine verstand, was sich da bei ihrer Tochter anbahnte, und es wühlte sie auf; wie eine Schlafwandlerin machte sie zwei Schritte in ihre Richtung.

»Entschuldigen Sie, Mademoiselle ... Sie haben doch sicher ein Familienalbum? ... Darf ich Sie, wenn Sie so freundlich sein wollen, kurz darum bitten?«

Ein unübersehbares Lächeln huschte über Liberges Lippen, als Lucile in der Stube das dicke Album mit den Kupferverzierungen holen ging.

»Können Sie mir bitte jeweils die Namen nennen?«

Es kamen nur die Angehörigen der Familie Cailleteau vor.

Das erste Foto zeigte eine sehr alte Frau, die im Stil des Second Empire gekleidet war.

»Diese da?«

Lucile sah ihre Mutter an.

»Élisabeth Cailleteau ...«

Der Unbekannte fuhr, womöglich fasziniert von dem Glanz, mit seinen Fingerspitzen über das Fotopapier, aber das war auch alles, und die anderen Porträts, die kleinen Erstkommunikanten, die Frischverheirateten und die Gruppenbilder anlässlich von Hochzeiten zogen wirkungslos an ihm vorbei. Wenn Lucile einen Namen oder einen Vornamen nicht kannte, nannte ihn ihre Mutter mit gleichmütiger Stimme.

Ein weiteres Auto fuhr vor. Liberge wartete auf die Anweisungen des Kommissars.

»Er soll die beiden herholen ...«

Liberge öffnete das Fenster und rief dem Inspektor aus Fontenay, der aus dem Wagen gestiegen war, zu:

»Sie können sie holen gehen ...«

Étienne, immer noch auf dem Acker, ließ sich nichts anmerken, und Joséphine empfand seine Gleichgültigkeit wie eine Drohung. Er vermied es, sich zur Straße hin umzudrehen oder zum Haus zu blicken. Man sah ihn von hinten und nur von hinten. Pfeifengeruch breitete sich im Zimmer aus; der Kommissar paffte friedlich vor sich hin.

»Geben Sie mir die anderen Fotos, Wachtmeister ...«

Der nahm die Aufnahmen aus seinem Notizbuch mit dem Gummiband hervor, nicht ohne dabei Joséphine Roy einen scharfen Blick zuzuwerfen.

Auf dem ersten Foto war ihre Mutter abgebildet; allerdings erkannte sie sie kaum wieder, denn es war eine neuere Aufnahme. Wer mochte sich wohl nach Saint-Ouen begeben und die Katzenmutter fotografiert haben, ohne ihr vorher Zeit zu lassen, sich ein bisschen herzurichten? Sie war fett, schlampig, das aufgedunsene Gesicht von strähnigen weißen Haaren umrahmt.

Auch Lucile hatte das Porträt angeschaut, ohne zu wissen, um wen es sich handelte.

»Kennen Sie sie?«, fragte der Kommissar geduldig. »Sehen Sie sie gut an ...«

Eine weitere Aufnahme der Mutter Violet, als sie noch jünger war, so wie Joséphine sie gekannt hatte. Es war eine erkennungsdienstliche Aufnahme, vermutlich im Zuge der Ereignisse von La Roche-sur-Yon entstanden, als die ganze Familie eine Woche im Gefängnis von Nantes festsaß.

Joséphine Roy erstarrte. Da waren noch weitere Bilder, die sie bis jetzt noch nicht sehen konnte. Lucile, die vorläufig nichts begriff, würde es am Ende erraten.

»Lassen Sie sich Zeit ... Da! ... Wer sind diese Leute? ...«

Mit einem Mal wurde die ganze Truppe wieder lebendig, als tauchte sie leibhaftig, nach zwanzig Jahren, auf Gros-Noyer auf. Joséphine erinnerte sich noch an den Tag und die Stunde. Es war in Angers, zur Zeit des Jahrmarkts, sie hatten sich in der Stadt mit Waren eingedeckt. Die Mutter Violet hatte in einem Anflug guter Laune alle mitgeschleppt.

Das Foto war ebenso schmuddelig wie die in Sainte-Odile eingetroffene Postkarte; es waren mindestens zwanzig Personen abgebildet, mehrere Männer, zwei Frauen, Kinder ...

Justin war der Älteste. Er war etwa fünfzehn Jahre alt. Neben ihm stand der Krauskopf, zwei Jahre jünger als damals im Trois Pigeons, ein spitznasiger Junge, der sich auf die Schulter seines Kameraden stützte und den Fotografen herausfordernd ansah.

Joséphine saß in der ersten Reihe auf dem Boden. Sie waren so viele, dass sie den ganzen Zeltverschlag ausfüllten und die Hintersten die Rückwand ausbeulten.

Joséphine Roy hielt den Atem an. Sie sah, wie sich Luciles Finger immer mehr zusammenkrampften. Würde man unter einer Lupe gar den weinfarbenen Fleck auf der Wange des Krauskopfs erkennen können?

Der Wachtmeister sah unverwandt nicht etwa den Gedächtnislosen, sondern Madame Roy an ... Draußen waren die beiden Männer bei der Ernte der Schwarzwurzeln ... Das Auto des Inspektors kam aus dem Dorf zurück, gefolgt vom Lieferwagen, in dem Vater und Sohn Ligier saßen.

»Erkennen Sie die Personen nicht? ... Sehen Sie sie gut an ... Der links ...«

Das war Justin.

Joséphine richtete sich auf und holte tief Luft. Und nun sah sie ihre Tochter an, so wie sie sie noch nie angesehen hatte. Sie sah sie an, als hätte sie damals schon zu der Truppe gehört, die sich bei dem Jahrmarktfotografen versammelt hatte; als wäre sie daraus hervorgegangen.

Sie war nicht mehr nur ihre Tochter, sondern die Tochter eines ... Seltsam, sie so zu sehen, älter als ihr Vater, älter als Joséphine sich den Krauskopf überhaupt vorzustellen vermochte. Dieser nervöse junge Bursche, ein halbes Kind noch, der da eines Abends im Gasthof Trois Pigeons auf dem Dienstmädchenbett gesessen und geheult hatte, weil sie nicht wollte.

Und augenblicklich wurden die andern zu Feinden. Joséphine war klar, dass sie Lucile retten, dass sie sie mit allen Mitteln beschützen musste.

Mit einem Schlag machte ihre Nervosität einer dramatischen Ruhe Platz.

Lucile musste gerettet werden!

Joséphine heftete ihre Augen auf den Wachtmeister. War nicht er der ärgste Feind? Wochenlang trieb er sich nun schon um den Bauernhof herum ...

Das Foto war bestimmt bei Mutter Violet in Saint-Ouen gestohlen worden. Aber wann? Hatte sie deshalb die Postkarte mit dem Zeichen darauf geschickt?

»Nichts zu machen ...«, seufzte der Kommissar und gab dem Wachtmeister die Aufnahmen zurück. »Wir werden es nachher noch einmal probieren ... Jetzt müssen wir erst einmal hinuntergehen ... Bitte nehmen Sie uns dieses Hin und Her nicht übel, Madame ... Noch andere Leute wollen Ihren Verletzten wiedererkannt haben ... Die Frau aus Fumay, Madame Boumal, hat jetzt sogar einen Anwalt genommen und betrachtet sich noch nicht als geschlagen ... Mademoiselle, Sie verstehen es doch mit ihm umzugehen, nicht wahr? ... Würden Sie bitte so freundlich sein und ihn jetzt auf die Straße hinausführen? ... Es könnte wohl nicht schaden, ihm noch etwas Warmes überzuziehen ...«

Der Mann hatte keinen Mantel. Lucile zögerte. Schließlich holte Joséphine aus dem Nebenzimmer den Überzieher ihres Mannes.

Lucile musste gerettet werden! Ihre Tochter ahnte nicht,

was ihr drohte. Sie vermochte sich nicht im Entferntesten vorzustellen, dass sie schon am nächsten Tag ohne einen Sou auf der Straße stehen konnte und gezwungen wäre, die Kundschaft in einem Café zu bedienen oder noch Schlimmeres.

Es beunruhigte Lucile lediglich, dass man sich so um ihren Patienten zu schaffen machte, und sie versuchte das Geheimnis zu enträtseln, das sie um sich spürte.

Ihre Mutter musste sie einfach retten!

Und wenn sie Liberge …?

»Sie kommen nicht mit hinunter, Madame?«

»Noch nicht gleich …«

Sie sah sie unten auf der Straße wiederauftauchen. Auch die beiden Ligiers schienen unruhig. Roy hingegen tat immer noch so, als ginge ihn das alles nichts an.

Liberge übernahm, da er schon die erste Untersuchung geführt hatte, die Leitung des Experiments. Der Gedächtnislose, der erstmals seit dem Unfall draußen an der frischen Luft war, schaute etwas verwundert und mit gelegentlichem Stirnrunzeln um sich.

Würde er sein Gedächtnis wiederfinden?

›Wie wäre es mit Liberge?‹, dachte Joséphine Roy immer noch, die Stirn an die kalte Scheibe gedrückt.

Wenn sie Liberge umbringen würde? … Sie überlegte … Sie war klug genug, um das Für und Wider abzuwägen …

Auf welche Weise würde sie ihn überhaupt töten? Sie müsste ihm an einer Straßenbiegung auflauern. Auf Gros-Noyer gab es keinen Revolver. Wenn sie das Jagdgewehr nahm? … Aber sie konnte damit nicht umgehen …

Und doch wünschte sie sich, er wäre tot. Sie musterte ihn

von Kopf bis Fuß, vollkommen mitleidlos. Was kümmerte es sie, dass er eine Frau und drei Kinder hatte? Hatte vielleicht er Mitleid? Er wusste genau, dass sie dort oben stand und ihn beobachtete. Von Zeit zu Zeit warf er, während er seine Anweisungen gab, einen Blick zum Fenster hinauf.

Sie nahmen es mit der Rekonstruktion des Vorfalls sehr genau. Sogar das Fahrrad, das der Unbekannte in der Rue de la République gemietet hatte, war aus Fontenay herbeigeschafft worden. Man drückte es ihm in die Hand. Der Lieferwagen der Ligiers rollte rückwärts, und als der Motor ansprang, ließ der Mann das Fahrrad einfach fallen, machte einen Satz zur Seite und suchte ängstlich die Nähe von Lucile.

War das nicht ein erster Hinweis? Das Motorengeräusch hatte ihn erschreckt. Vielleicht würde er nun den ganzen Ablauf in seinem Kopf nacherleben, und wer weiß, ob er dann nicht überhaupt sein Gedächtnis wiederfinden würde?

In diesem Moment warf Lucile ihrer Mutter über die Entfernung hinweg einen flehenden Blick zu. Sie ahnte nichts, ihr Flehen war rein instinktiv. Sie hatte Angst. Joséphine versuchte zu lächeln, ein Lächeln, das ein Versprechen sein sollte.

Sie würde sie retten! Sie würde tun, was nötig war! Wenn sie nur genug Zeit hatte, darüber nachzudenken und ihre Vorkehrungen zu treffen. Man bringt einen Menschen nicht einfach so um, aufs Geratewohl.

»Versuchen Sie, genau so zu fahren wie beim letzten Mal ...«

Ligier war mit seinen Nerven am Ende. Sein ganzes Lügengebäude drohte auf einen Schlag zusammenzubrechen. Er fuchtelte mit den Armen, suchte irgendwelche Ausreden. Der Mann stehe nicht da, wo er gestanden habe. Der Nussbaum sei ja längst im Sägewerk und liege nicht mehr am Straßenrand wie damals …

Vom Zimmer aus sah Joséphine die Lippenbewegungen der Leute, aber beim Lärm des laufenden Motors verstand sie kein Wort.

»Nun machen Sie schon! …«

Wieder war es nichts! … Oder doch? … Es bleibt zunächst nur unklar, warum der Mann, anstatt zu warten, bis der Wagen vorbeigefahren ist, ruhig davongeht, ganz allein …

»Lasst ihn gehen!«, schreit der Kommissar, so laut er kann.

Er geht nicht weit. Er bewegt sich zögernd auf den Straßenrand zu, zum grasüberwachsenen Graben hin, und scheint dort etwas zu suchen.

Den Koffer, natürlich! Ob er wirklich weiß, was er sucht? Erinnert er sich? Ist es nur ein Reflex?

Ligier hat angehalten und verfolgt die Szene mit bangem Blick. Aus der Pfeife des Kommissars steigen Rauchwölkchen in die Luft.

Der Mann dreht sich im Kreis, geht noch etwas weiter, kommt dann wieder zurück.

»Sagen Sie, Mademoiselle … Hätten Sie vielleicht irgendeinen Koffer, einen nicht allzu großen? … Bitte seien Sie so freundlich und holen Sie ihn …«

Sie geht. Ihre Mutter hört sie ins Zimmer kommen.

»Was ist los?«

»Er will einen Koffer ...«

Es liegt einer auf dem Schrank. Er ist voll mit alten Kleidern, denn er wird selten gebraucht. Sie machen ihn leer.

Der Kommissar nimmt ihn entgegen und legt ihn auf die Böschung, dann hüstelt er, um die Aufmerksamkeit des Gedächtnislosen darauf zu lenken. Der nähert sich auch tatsächlich, beugt sich vor, schüttelt den Kopf.

»Der ist es nicht?«

»Nein ...«, sagt er.

»Ihr Koffer ist aber hier hinuntergefallen?«

Und damit hat sich's schon. Der Mann begreift nicht mehr. Es ist zu kompliziert. Er will weggehen. Wenn man ihn ließe, würde er ganz allein die Straße entlangwandern, immer geradeaus, irgendwohin.

»Versuchen Sie ihn wieder ins Haus zu bringen, Mademoiselle ...«

Lucile fasst ihn am Arm, spricht auf ihn ein. Er scheint sich zu wundern, dass er sie wiedersieht. Hat er sein Zimmer und seine Gastgeber auf Gros-Noyer schon vergessen? Einen Augenblick lang könnte man es meinen. Endlich lächelt er, folgt brav dem Mädchen, geht durchs Tor, bückt sich, um ein herumliegendes Stück Holz aufzuheben.

»Und was soll ich jetzt tun?«, fragt Ligier, dessen Selbstvertrauen allmählich wieder zugenommen hat. »Sie haben es gesehen, nicht wahr? ... Wäre ich es gewesen ...«

»Sie können nach Hause fahren ...«

Joséphine ist inzwischen hinuntergegangen und steht in der Küche, als die andern hereinkommen. Liberge ahnt nicht, weshalb sie ihn so anstarrt, als sähe sie ihn zum ersten Mal.

Ist er der Mann, den sie töten muss? Wird damit bereits alles in Ordnung sein?

»Es tut mir sehr leid, Madame, Ihnen all diese Unannehmlichkeiten zu bereiten ... Es war sehr liebenswürdig von Ihnen, dass Sie den Mann bei sich behalten haben, und er war sehr gut aufgehoben, wo Ihre Tochter ihn doch so selbstlos gepflegt hat ...«

Warum spricht der Kommissar so? Hat er die Absicht, den Gedächtnislosen mitzunehmen?

»Vielleicht sollten wir Ihre Geduld nicht länger ausnutzen ...«

Das sagt er absichtlich, sie spürt es! Er will sie auf die Probe stellen. Liberge hat es mit seinen Worten vorbereitet.

»Bestimmt werden noch andere Leute ihn wiedererkennen wollen und hier auftauchen ... In Ihrem Haus würde alles drunter und drüber gehen ... Und es ist ja, nebenbei bemerkt, hier sehr behaglich, ein so vorzüglich geführter Haushalt, dass ...«

Was tun? Wenn der Unbekannte fortgeht, bleibt die Gefahr dieselbe, aber Joséphine ist dann nicht mehr in seiner Nähe, um ...

»Er stört uns nicht im Geringsten ...«

Der Kommissar sieht Liberge an, der unterdrückt ein Lächeln. Hat er das nicht vorhergesagt?

»Sie haben doch Ihre Arbeit ... Ein Betrieb wie Ihrer ...«

»Meine Tochter hat nichts zu tun ...«

Lucile hat den Patienten auf sein Zimmer zurückgebracht.

»Aus unseren heutigen Experimenten lassen sich keine endgültigen Schlüsse ziehen. Ich hatte schon mit zwei ähnlichen Fällen zu tun und halte die Sache durchaus nicht für hoffnungslos, im Gegenteil ... Zweimal im Lauf dieses Morgens glaubte ich so etwas wie einen Willen zur Rückkehr ins normale Leben zu spüren ... Jedenfalls ist jetzt klar, dass er seinen Koffer bei sich hatte, als er vor Ihrem Haus ankam ... Er erinnert sich daran, etwas verloren zu haben, etwas Wertvolles ...«

»Zweifellos, Monsieur ...«

Sie hat sich jetzt in der Gewalt, denkt auch daran, im Büfett in der guten Stube den Cognac und die Gläser mit dem Goldrand holen zu gehen.

»Sie nehmen doch einen kleinen Schnaps?«

»Gern! ... Sagen Sie, Wachtmeister! ... Mir scheint, wir haben den Inspektor draußen auf der Straße vergessen ... Wenn Sie so gut sein wollen, Madame ...«

»Aber natürlich ...«

Sie holt ein weiteres Glas. Durchs Fenster sieht sie, dass Étienne dem Haus immer noch hartnäckig den Rücken zuwendet, daneben, zur Straße hin gebeugt, der alte Roy.

Als sie in die Küche zurückkommt, sprechen die Herren mit gedämpften Stimmen, aber sie tut so, als merkte sie es nicht. Dem Auge des Kommissars entgeht nicht das geringste Detail.

»Ist der Cognac aus eigenem Anbau?«

»Ja, Monsieur ... Er ist an die fünfzehn Jahre alt ...«

Nicht ohne Rührung schaut sie die vertraute Karaffe an, mit der sich Erinnerungen an all die Familientreffen auf Gros-Noyer verbinden, die Neujahrsbesuche, Luciles Kommunion, die Beerdigung von Mutter Roy ...

Nein! Sie wird sich nicht hinauswerfen lassen, mit nur

dem, was sie auf dem Leibe trägt! Lucile wird nicht auf der Straße landen!

»Auf Ihr Wohl, Madame … Und auf das unseres Unbekannten …«

Was mag derweilen in Étienne vorgehen, der da draußen über seine Ackerfurche gebeugt ist – jeden Meter ein Bund Schwarzwurzeln? Heute Abend werden sie gewaschen, und morgen bringt er sie zu Laubreton nach Fontenay. Gewiss wälzt er fortwährend dieselben Vermutungen, denselben alten Verdacht. Sonst würde er es doch wagen, sich dem Haus zuzuwenden. Er tut so, als ob ihn das alles nicht interessierte. Doch sein Rücken hat etwas Bedrohliches, mehr noch als sein Gesicht.

»Könnte ich Sie um etwas bitten, Monsieur …«

Ein Blick auf Liberge, dem nun ihr Ansinnen gilt. Vor ihm hat sie immer noch am meisten Angst. Er ist imstande und sieht sich die Aufnahme unter der Lupe an, entdeckt den Weinfleck, und dann weiß Gott, wo er weiterschnüffeln wird.

»Nur zu, Madame …«

»Ich habe vorhin eine der Aufnahmen wiedererkannt … Es ist eine Familienerinnerung, Sie wissen es … Es hat mich sehr gerührt, denn ich wusste nicht, dass es das Foto noch gibt … Nun, falls Sie es nicht mehr brauchen sollten …«

Die Stirn des Wachtmeisters ist dunkel angelaufen.

»Was meinen Sie, Wachtmeister? … Ich für mein Teil habe nichts dagegen, zumal wir den Versuch jetzt gemacht haben … Und wenn wir Madame Roy damit eine Freude bereiten können …«

156

Liberge nimmt sein Notizbuch nur ungern zur Hand, tut so, als müsste er nach dem Foto suchen, und legt es endlich auf den Tisch. Sosehr Joséphine sich auch zurückzuhalten versucht, sie greift doch zu hastig danach und lässt es in ihrer Bluse verschwinden.

»Vielen Dank ...«

»Wenn Sie es erlauben und falls unser Patient nicht allzu müde ist, wollen wir ihm jetzt noch einige Fragen stellen ... Da ich nun einmal da bin, eigens dafür aus Paris hergereist übrigens ...«

»Ich bitte Sie ...«

Sie geht nicht mehr mit hinauf. Sie mag nicht mehr. Sie facht das Feuer an, rührt in den Töpfen. Nun ist sie wieder allein. Sie überlegt, ob sie das Foto verbrennen soll, und bringt es dann doch nicht übers Herz. Sie möchte es noch anschauen.

Sie ist in den Krauskopf nie verliebt gewesen. Das war es nicht. Sie gab damals nur nach, weil er weinte, weil ihm eine ungewisse Zukunft bevorstand und weil sie spürte, dass sie ihm damit eine Freude machen würde ...

Genauso bei Étienne. Dass ein Mann eine Frau überhaupt so anschauen konnte, wie Étienne Roy sie Tag für Tag aus seiner Ecke im Trois Pigeons anschaute! Er hätte damals alles dafür gegeben ... Es machte ihn richtig krank ...

Und doch war sie, als sie sich dann oben zu ihm gelegt hatte, kalt geblieben. Es ging um etwas anderes: Er stand für ein Haus, für Sicherheit und Ruhe. Je mehr sein Liebes-fieber stieg, desto kälter sah sie ihn an.

Sie hörte die Stimmen von oben ... Eigentlich hatte sie für die Bemühungen des Kommissars nur noch ein Achselzucken übrig, für diesen Mann, der meinte, mit dem Unbekannten wie mit einem Wilden sprechen zu müssen, der alles vereinfachte und mit nichtssagenden Gebärden die Silben wiederholte.

Eben noch war sie davon beeindruckt gewesen.

Jetzt nicht mehr! Die Gefahr ging gar nicht von diesem dicklichen, allzu höflichen Menschen aus, sondern von Liberge. Der andere sah sich das Haus gewissermaßen respektvoll an, neugierig jedenfalls, denn er kam eben aus Paris, hatte keine Ahnung vom Leben auf dem Lande und würde es auch nie begreifen.

Bei Liberge war das anders. Er stammte aus dem Marais bei Lenglé. Er verstand es zu schweigen, etwas nur dann zu sagen, wenn es angebracht war, abzuwarten und die Dinge verstohlen zu mustern, wie auf dem Markt, wenn man ein Paar Ochsen kauft.

So lange er sich auf dem Hof und in der Umgebung herumtrieb, würden Joséphine und ihre Tochter niemals Ruhe haben.

Der alte Roy hatte seine Frau nie vor die Tür gesetzt und auch nicht das Kind, das nicht seines war. Aber sein Fall lag anders, denn er war nur der Knecht.

Gerade weil er sein Haus, seinen Boden nicht verlassen wollte, hatte er sich damit abgefunden, sein Leben lang Knecht zu bleiben.

Liberge war imstande, das zu verstehen, es zu erraten. Joséphine bereitete das Abendessen, hielt aber immer wieder plötzlich inne, jedes Mal wenn sie sich die Frage stellte:

Wie?

Sie wollte nicht gefasst werden. Sie wollte nicht ins Gefängnis; zu viele Nächte hatte sie als junges Mädchen und selbst als Kind schon auf der harten Bank einer Polizeiwache oder auf der Gendarmerie verbracht.

»Madame Violet ... Treten Sie vor ... Ihre Papiere ...«

Niemals!

Der Kommissar, der Inspektor und der Wachtmeister kamen wieder herunter.

»Nichts! ...«, verkündete der Kommissar. »Riecht unglaublich gut, Ihre Suppe ...«

»Wenn Sie Lust haben, mit uns zu essen ...«

»Ich werde leider in Fontenay erwartet ... So bleibt mir nur, Madame ...«

Phrasen. Noch mehr Phrasen. Liberge begnügte sich damit, sie anzusehen, und sie las in seinem Blick:

›Nun zu uns zweien ... Mal sehen, wer das letzte Wort hat ...‹

Fast ein wenig unverschämt schenkte er sich ein Glas Cognac ein und stürzte es in einem Zug hinunter.

»Auf bald, Madame Roy ...«

Auf bald! Genau! Er soll ihr nur genug Zeit für ihre Pläne lassen, damit sie die richtige Methode findet ...

Abschied. Große Verbeugungen. Die Autos fahren weg. Die Zeiger der Uhr stehen auf zwölf. In Sainte-Odile setzen die Glocken ein, und die beiden Männer auf dem Feld legen ihre Geräte beiseite, kommen mit schweren Schritten ins Haus.

Niemals!

Ihr Entschluss steht fest, und nun fühlt sich Joséphine mehr denn je als Herrin ihrer selbst. Sie deckt den Tisch. Die Männer waschen sich die Hände.

»Lucile! … Das Essen steht auf dem Tisch …«

»Ich komme, Maman …«

Löffel, Gabeln, die Schüssel, die man sich weiterreicht, Étienne mit seinen großen, rot geäderten Augen. Er sieht niemanden an. Die Ellbogen auf den Tisch gestützt, schlürft er seine Suppe, geräuschvoll wie ein schlecht erzogenes Kind.

Der alte Roy schaut gleichmütig drein, und doch würde Joséphine schwören, dass er alles weiß, alles ahnt, dass er als einfacher Zeuge dem Drama beiwohnt, das sich da abspielt.

Étienne ist nicht sein Sohn, und Joséphine ist eine Fremde. Lucile kann ihn lange Großvater nennen, sie bedeutet ihm nichts.

Für ihn zählt nur eines: das Haus, in das er als Knecht eintrat und das ein wenig das seine geworden ist.

Ein wenig nur. Étienne hat es geerbt. In der Familiengruft ist nicht einmal Platz für den Alten. Aber wie klein sein Anteil auch sein mag, er hält daran fest, er klammert sich daran. Niemand würde wagen, ihn hinauszusetzen. Von Rechts wegen ist er der Vater!

Er schneidet mit seinem Taschenmesser eine Scheibe Brot ab, stopft sich große Stücke in den Mund und kaut sie andächtig.

Étienne wischt sich mit dem Handrücken über den Mund. Er hat sich, bevor er sich zu Tisch gesetzt hat, die Hände gewaschen. Das hat Joséphine den beiden Männern schon vor langem angewöhnt.

Sie sieht ihn an und wundert sich, wie kraftvoll er aussieht. Es ist ihr noch nie aufgefallen, dass seine Hand wie durch ein Übermaß an Fleisch gestrafft ist, glänzend, beinahe ungehörig, wie bei einem zu wohlgenährten Tier.

Nie hat sie diesen Mann aufbrausen sehen. Sie versucht sich zu erinnern, findet aber nur jenen Vorfall mit der räudigen Katze, die er mit Stockhieben erschlug und deren entstellten Kadaver er dann in aller Ruhe auf den Misthaufen warf.

Weshalb kommt ihr gleichzeitig Liberge in den Sinn? Der allerdings ist um einiges gerissener. Er grinst gern und bleckt dabei seine spitzen Zähne.

Was tut sie da? Sie ist sich nicht gleich im Klaren darüber. Sie sitzt bei Tisch, hier in der Küche, beim Essen, und stellt auf einmal Vergleiche zwischen den beiden an, gerät ins Grübeln.

Welcher der beiden ist gefährlicher?

Jahrelang hat Étienne Roy seinen Verdacht verdrängt, hat sogar versucht glücklich zu sein, soweit man im Leben überhaupt glücklich sein kann.

Er war fügsam! Zu fügsam manchmal. Hat sie das missbraucht? Immer hat sie hinter ihm gestanden, weil sie wollte, dass das Haus …

Denn das Haus ist sie! Sie! Zu Zeiten der Cailleteaus wirtschaftete man hier wie auf einem x-beliebigen Hof im Marais oder im Bocage.

»Wasch dir die Hände … Geh dich umziehen … Es wäre gescheiter, du würdest …«

Und Étienne gab nach. Immer gab er nach. Der Alte sah ihm mitunter ziemlich verwundert zu. Joséphine war ihrer Sache sicher, sie war überzeugt, recht zu haben.

Und nun? Nun rechnete er das vielleicht alles auf, zog Bilanz. Er wartete nur noch auf einen Beweis, und vielleicht nicht einmal das …

Dann aber, das ahnte sie nun plötzlich, würde Schreckliches geschehen. Zehn Jahre zuvor etwa war in der Gegend von Velluire ein Mann – ein gewisser Martin vom Hof Pré-aux-Corbeaux, ein ähnlicher Typ wie Étienne, jedoch noch ruhiger – abends nach dem Markt nach Hause gekommen. Später hieß es, er habe getrunken. Eine bessere Erklärung fiel niemandem ein. Er hatte wie üblich mit der Familie und dem Knecht die Suppe gegessen. Dann hatte er es abgelehnt, sich schlafen zu legen.

Er schrieb einen Brief an die Gendarmerie und brachte ihn auf die beinahe einen Kilometer entfernte Post.

Wieder zu Hause, erschlug er mit einer Axt seine Frau, seine beiden Kinder und den Knecht, um sich dann selbst im Weinkeller zu erhängen.

Im Brief hatte er all das im Voraus beschrieben, auch den Ort, wo man seine Leiche finden würde, aber es stand kein Wort darüber, weshalb.

Die Tat eines Wahnsinnigen, hatten die Zeitungen geschrieben.

Wer weiß? In der Gegend wurde getuschelt, die Frau und der Knecht …

Aber bis zuletzt hatte niemand irgendetwas kommen sehen. Er hatte an diesem Abend Lauchsetzlinge heimgebracht, die am nächsten Tag angepflanzt werden sollten. Die Tiere waren wie gewöhnlich versorgt worden. Er hatte sie losgebunden, damit sie auf die Weide gehen konnten, falls der Brief erst am späteren Morgen auf der Gendarmerie eintreffen sollte.

Martin war ein sanftmütiger Mann, darüber waren sich alle einig; er hatte die gleichen kugelrunden Augen wie Étienne, immer ein wenig gerötet an den Markttagen.

162

Sie sah ihn plötzlich an. Er schaute nicht auf. Er traute sich nicht mehr aufzuschauen. Sie sah ihn an und glaubte gleichzeitig, das Gesicht Liberges zu sehen, sein hinterhältiges Lächeln, aber das Bild Liberges verschwamm, rückte in den Hintergrund, überschattet vom Bild Étiennes, eines Étienne Roy, der blindlings, stampfend vor sich hin ging, ein Hackbeil in der Hand.

Vielleicht sollte besser Roy sterben?

Joséphine war seine Frau, Lucile sein eheliches Kind. Wer außer Étienne würde sie schon hinauswerfen können, hinaus in die Gosse, mit der Begründung, dass einst, in einem Zimmer im Trois Pigeons …

»Noch etwas Püree, Papa? …«

So nannte sie den alten Roy. Er reichte ihr den Teller. Dann streckte ihr Étienne seinen Teller entgegen, denn so war es auf Gros-Noyer Sitte.

»Ich hab keinen Hunger mehr«, sagte Lucile. »Ich glaube, ich gehe besser hinauf. Er ist unruhig heute …«

»Geh schon! …«

Liberge … Étienne … Liberge … Étienne … Étienne? …

Man erhob sich vom Tisch. Sie ließ das Geschirr ungespült stehen, denn sie wusste, dass sie zum Einbringen der Schwarzwurzeln schon spät dran waren. Sie ging aufs obere Feld, nahm ihren Platz zwischen den beiden Männern ein.

9

Ein Kranker, dem der Arzt eröffnet, er habe nur noch zwei, drei oder vier Jahre zu leben, unter der Bedingung, dass er sich strikt an seine Weisungen halte, fühlt sich plötzlich erleichtert, baut sich eine Welt aus Arzneifläschchen und Heilmitteln auf, und der Verlauf seiner Tage richtet sich fortan nach seinen Pflegegewohnheiten und der Zeit für diese und jene Mixtur.

So ähnlich war es für Joséphine Roy. Die drei Tage, die auf den Besuch des Kommissars aus Paris folgten, gehörten zu den klarsten und bewusstesten ihres Lebens. Ihre Beklemmung war verflogen. Sie schrak nicht mehr zusammen, wenn sie irgendetwas in ihrem Rücken spürte.

Mehr noch! Oft hatte sie tage-, sogar wochenlang vor sich hin gelebt, ohne es überhaupt zu merken. Wie viel Zeit vergeht doch, ohne dass der Mensch sich dessen wirklich bewusst wird, erst recht auf dem Land, wo ihm jede Jahreszeit, jede Stunde je nach Witterung die gleichen Bewegungen abverlangt?

Nun aber, während dieser drei Tage, ließ sie keinen Augenblick davon ab, sie selbst zu sein; sie sah alles, hörte alles, fühlte alles, und doch konnte nichts ihre Ruhe erschüttern, die schon beinahe etwas Heiteres hatte.

Wann genau hatte sie eigentlich ihren Entschluss gefasst? Doch wohl nicht auf Anhieb. Der Ausgangspunkt war ein Bild, war jener Anblick von Étiennes Rücken, wie sie ihn vom Fenster aus wahrgenommen hatte, den über die Schwarzwurzeln gebeugten Rücken, während der Wachtmeister auf der Straße seine Anweisungen zur Rekonstruktion des Unfalls gegeben hatte.

Am Mittagstisch, als ihr Mann mit seinen großen Augen vom Teller aufschaute, war Joséphine mit ihrem Schicksal schon fast eins.

Nachmittags, im grellen Licht auf dem Feld, das sie bearbeitete, empfand sie ihren Entschluss als zugleich einfach und unausweichlich.

Étienne Roy sollte sterben. Das war so selbstverständlich, dass sie sich schon fast darüber wunderte, ihn weiterhin ganz normal seiner Arbeit nachgehen zu sehen.

Sie hatte nicht das geringste Mitleid. Allein die Vorstellung davon war ihr fremd. Andererseits verspürte sie aber auch keinen Hass.

Sie musste die Sache nur so ruhig und gründlich anpacken, wie sie alles in ihrem Leben angepackt hatte. Und so sah man sie oft, wenn sie gerade nichts zu tun hatte, mit der nachdenklichen Miene einer Hausfrau dastehen, die die Ausgaben des laufenden Monats nachrechnet.

Schon war die Zeit der ersten Fröste. Die Pappeln ragten dramatisch in den Winterhimmel, der unaufhaltsam über das Land hinwegzog.

In der zweiten Nacht hörte sie im Schlaf, neben Étienne liegend, ein lautes Geräusch vom Stall her. Sie war sicher, sich nicht verhört zu haben, und stand auf.

»Was ist los?«, fragte er verschlafen, während sie in ein Kleid schlüpfte und nach dem schwarzen Wollschal tastete.

Dann erinnerte er sich, stand selbst auf. Der Wecker zeigte auf drei. Es war eine eisige Nacht.

Im Schein der Laterne gingen sie in den Stall; eine Kuh war am Kalben. Es ging lange, war mühsam. Bald zeichnete sich im Dunkel noch eine dritte Gestalt ab: Der alte Roy hatte sich dazugesellt, und nun warteten sie alle drei in der Wärme, die von den Tieren ausging, während durch die Stalltüren kalte Luft hereinwehte.

Die Hände in den Schal gehüllt, nahm Joséphine wieder ihre Gedanken auf. Der Graben unterhalb des Feldes war tief genug, immerhin war dort eine Stute ertrunken. Étienne konnte nicht schwimmen. Der Boden war glitschig. Wie aber sollte sie ihn dazu bringen, dorthin zu gehen, damit sie ihn hineinstoßen konnte?

Das war schwierig in Anbetracht seines Misstrauens und seines verschlossenen Wesens! Falls er schrie, würde man ihn in den Häusern im Ort drüben hören. Und von der Bruchbude der alten Sareau aus konnte man sie sogar sehen.

Es gab noch einen anderen Weg. Sie könnte ihm, wenn er irgendwann allein im Pferdestall wäre, mit dem großen Riegel oder einem anderen schweren Gegenstand eins überziehen, sodass es aussehen würde, als hätte die Stute ausgeschlagen und ihn getroffen.

Das Problem war nicht, dass ihr diese eine Bewegung besonders widerstrebt hätte, sondern es war die Schwierigkeit, sich Étienne so weit zu nähern und rechtzeitig zuzuschlagen – und deshalb verwarf sie die Idee wieder. Überdies müsste sie ihn mit dem ersten Schlag niederstrecken, sonst würde er sich zur Wehr setzen, und er war stärker als sie.

Endlich hatte die Kuh es geschafft. Die drei Lebewesen,

die um sie herumstanden, hatten kein Wort gesprochen. Étienne wirkte verschlossener, bedrohlicher denn je, und seine Frau war froh, ihren Entschluss gefasst zu haben.

Am Abend des zweiten Tages kam sie endlich auf die Lösung und beschäftigte sich einen Teil der Nacht und noch den nächsten Morgen damit, sich die Einzelheiten zurechtzulegen. Auf dem Rückweg aus dem Dorf – sie war zum Metzger gegangen – hatte sie auf den Wiesen Pilze gesehen. Alle in der Familie waren ganz versessen auf Pilze, am meisten aber schmeckten sie Étienne.

Konnte man da überhaupt von Schmecken sprechen? Die Ellbogen aufgestützt, verschlang er von allem, was auf den Tisch kam, ungeheure Mengen, sodass man sich gelegentlich fragte, ob er überhaupt merkte, was er aß. Sie machten sich ein Vergnügen daraus, es in Zahlen auszudrücken. Wenn es Muscheln gab, rechnete Joséphine mit drei Litern allein für ihn, und anschließend betrachtete er befriedigt den Haufen bläulicher Schalen vor seinem Teller.

Pilze haben einen ausgeprägten Geschmack. Joséphine dachte an alles. Um nicht in zwei Räumen Feuer machen zu müssen, brachte man den Verletzten neuerdings in die Küche, wo er stundenlang neben dem Ofen sitzen blieb.

»Morgen gehe ich in die Pilze ...«

Und so stapfte sie los, die Holzschuhe an den Füßen, einen Korb am Arm und um die Haare ein Tuch, denn gelegentlich ließ eine Wolke einen kurzen, aber ausgiebigen Regen niedergehen.

Als sie gegen zehn Uhr zurückkam, half ihr Lucile beim Pilzeputzen.

»Der Wachtmeister ist hier gewesen«, sagte sie.

»Was wollte er?«

»Anscheinend muss Ligier wieder ins Gefängnis …«

Joséphine lächelte leise, nicht weil der Geflügelhändler wieder ins Gefängnis kam, sondern weil sie dachte, dass Liberge nun bald keine Gefahr mehr darstellen sollte.

Sie musste sich unbemerkt in den Schuppen stehlen. Die Männer waren auf dem oberen Feld damit beschäftigt, weiße Zwiebeln anzupflanzen. Joséphine Roy ging zuerst in den Stall, was weiter nicht auffiel. Von dort gelangte sie hintenherum in den Schuppen. Sie hielt ein Fläschchen unter dem Schal versteckt, ein Fläschchen, das ein Mittel gegen Ohrenschmerzen enthalten hatte.

Sie wusste aus den Zeitungen, wie sehr sie sich vorsehen musste. Kein Stäubchen auf den Regalen durfte aufgewirbelt werden. Den Behälter mit dem Rattengift fasste sie mit einem Lappen an und goss einige Tropfen in den Flakon um.

Ob das genügen würde? In den Zeitungen war nie von der notwendigen Menge die Rede. Drei Tropfen? Vier Tropfen? Der starke Geruch würde vermutlich von dem der Pilze überdeckt werden.

Ihre Nervosität war eigentlich nur Ungeduld. Sie hatte es eilig, die Sache hinter sich zu bringen. Zehnmal schaute sie auf die alte Küchenuhr und deckte den Tisch eine Viertelstunde früher als gewöhnlich.

Sie war umsichtig genug, das Feuer beinahe ausgehen und die Tür eine Weile offen zu lassen; so würde es in der Küche kalt sein, und sie hätte einen Grund, den Schal um die Schultern zu behalten.

Wenn jemand, der Pilze gegessen hat, sich plötzlich vor Schmerzen krümmt und stirbt, wird das dann noch näher untersucht? Kaum! Und keiner käme auf die Idee, eine Obduktion zu verlangen.

Joséphine selbst würde freilich auch Schmerzen vortäuschen, und das würde genügen. Schließlich wussten ja alle, dass Roy zwei- oder dreimal so viel aß wie die andern.

Die Schwierigkeit bestand darin, das Gift seinen Pilzen beizumengen, ohne es in den Topf zu geben. Hätte Lucile nicht mitgegessen, wäre es Joséphine der Einfachheit halber wohl auch recht gewesen, die beiden Männer gleichzeitig zu vergiften.

Als sie den Tisch deckte, zerbrach sie die Schüssel, in der üblicherweise angerichtet wurde, und wischte die Scherben gut sichtbar in einer Ecke der Küche zusammen.

Der alte Roy kam als Erster herein, kurz danach auch Étienne, der noch nach dem neugeborenen Kalb gesehen hatte. Sie wuschen sich die Hände. Der Verletzte verfolgte diese Betriebsamkeit immer sehr neugierig, als wäre ihm ein Familienleben dieser Art völlig unbekannt.

Er aß nun am Tisch, neben Lucile, die ihn bediente.

Zuerst die Suppe ... Inzwischen wurden die Pilze in ihrem Topf gar. Dann räumte Joséphine die Teller weg und stellte sie in den Ausguss.

»Gib mir deinen Teller, Papa ... Die Gemüseschüssel ist zerbrochen ...«

Während sie dem Alten ausschöpfte, stand sie mit dem Rücken zum Tisch vor dem Herd.

Einen Augenblick noch, dann wäre es getan. Sie nahm Étiennes Teller. Schon hatte sie das Fläschchen in der Hand. Ihr Körper schirmte sie ab. Zwei, drei Kellen Pilze, einige Tropfen Rattengift und wieder Pilze darüber.

»Deinen Teller, Lucile …«

Ihr Herz schlug ein klein wenig schneller. Sie deutete auf den Verletzten.

»Glaubst du, er mag auch davon?«

Und endlich nahm sie selbst Platz und begann zu essen. Sie wollte nicht zu schnell hinsehen, obwohl sie es vor Spannung kaum aushielt.

Plötzlich erstarrte sie. Étiennes Gabel bewegte sich nicht mehr, stand in der Luft still. Dann erhob er sich, wie in Zeitlupe, und zog so die Qual seiner Frau noch in die Länge. Er ging auf die Tür zu. Sie schaute ihm nach. Sie sah, wie er zwei Schritte in den Hof machte und ausspie, was er im Mund hatte.

Einen Moment lang blieb er so stehen, mit dem Rücken zur Tür. Lucile kniff die Augen zusammen und fragte:

»Was hat er?«

Étienne wandte sich um, eine undurchdringliche Gestalt, die drohend den ganzen Türrahmen ausfüllte. Er blickte Joséphine in die Augen. Dann sah er auf seinen Teller.

»Es ist, glaube ich, besser, du isst das nicht«, sagte er zu seinem Vater.

Warum nur zu seinem Vater? Weil er verstanden hatte! Es war nur zu klar! Und er wusste, dass Joséphine ihre Tochter nicht vergiften würde!

»Meinst du?«

Diesmal ahnte der Alte nichts.

»Ich fand sie gut … Wer hat sie denn gesammelt?«

»Ich …«, brachte Joséphine hervor. »Ich habe aber sehr achtgegeben … Lucile und ich haben sie zusammen geputzt … Wenn ein schlechter dabei gewesen wäre …«

170

Würde Étienne ihr Zeit lassen, die Situation zu retten? Sie bemühte sich, die Teller nicht allzu hastig wegzuräumen, und begann absichtlich nicht mit dem ihres Mannes.

Warum hinderte er sie nicht daran? Er stand da und sah sie an. Sie machte sich darauf gefasst, dass er ihr den Teller aus der Hand reißen und damit zu einem Mediziner rennen würde.

Kam er gar nicht auf die Idee? War er seiner Sache so sicher, dass er nicht einmal eine Bestätigung brauchte?

Ein paar Schritte noch … Dann stand sie vor dem Mülleimer und kippte hinein, was auf den Tellern lag …

Der Alte schnitt sich ein Stück Käse ab.

Warum hatte Étienne …

Er sagte nichts, schien einen Augenblick unschlüssig, ging dann wieder zur Tür, zog sich die Holzschuhe an und verschwand langsam in Richtung Pferdestall.

Erst als er hörte, wie die Stute angespannt wurde, wunderte sich der alte Roy, stellte jedoch keine Fragen, sondern begnügte sich damit, dem Wagen nachzuschauen, den Étienne aus dem Schuppen geholt hatte.

»Wohin fährt er?«, fragte Lucile.

Warum musste sie auch reden? Begriff sie nicht, dass nun alles verloren war? Und doch musste man still bei Tisch sitzen bleiben und so tun, als würde man essen.

Wohin er fuhr? Weder zur Polizei noch zur Staatsanwaltschaft. Denn wenn es seine Absicht gewesen wäre, sie anzuzeigen, dann hätte er den Teller mitgenommen – später würde es keine Beweise mehr im Haus geben.

Der Alte stocherte mit der Messerspitze zwischen den Zähnen und streckte seinen langen, mageren Körper aus.

»Sie müssen etwas essen ... essen ...«, sagte Lucile zu ihrem Verletzten.

Der verstand nicht, weshalb nun einer nach dem andern aufstand, warum er allein mit dem Mädchen am Tisch sitzen blieb, warum man ihm den Teller mit den Pilzen weggenommen und sie weggeworfen hatte.

Die Graue zog den Wagen über den Hof, Étienne saß reglos auf dem Bock, die Peitsche in der Hand. Wollte der Alte ewig in der Küche bleiben? Joséphine fragte sich, wie lange sie sich wohl noch beherrschen konnte.

Endlich ging er zum Geräteschuppen, und kaum hatte er die Tür hinter sich geschlossen, brach es aus ihr heraus:

»Lucile! ...«

»Was ist, Maman? ... Was ist mit dir? ...«

Sie war nahe daran, ihr alles zu sagen. Sie hatte Angst, eine viel stechendere Angst als jene verstockte Furcht, aus der heraus sie gehandelt hatte!

Denn aus Angst hatte sie Étienne beseitigen wollen. Und nun war er am Leben geblieben! Nun wusste er es! Warum war er weggegangen? Wohin fuhr er in seinem Wagen, im Trott der Grauen, unter diesem tief hängenden Himmel?

»Was ist mit dir, Maman?«

»Nichts ... Ich weiß nicht ...«

Was sollte sie ihr auch sagen? Und wozu? Sie konnte hier nicht bleiben. Sie wollte am liebsten fliehen, wollte Lucile auf den Arm nehmen wie einen Säugling, den man aus den Flammen rettet.

»Maman! ...«

»Lass nur, es ist nichts ...«

Sie stürzte die Treppe hinauf in ihr Zimmer.

Fliehen? Sollten sie alle beide weggehen? Aber wohin? Schon sah sie sich ihre Habseligkeiten in Koffern und Taschen zusammenraffen. Sie stand in ihrem Zimmer vor dem Spiegel und starrte unverwandt auf ihr Ebenbild, hastete in Gedanken atemlos durch die Räume und scheuchte Lucile hin und her.

»Mach schnell! ... Er kommt gleich zurück! ... Und wenn er zurückkommt ...«

Wohin, wohin nur? Im Haus waren ungefähr achthundert Franc. Das wusste sie, denn sie verwaltete das Geld. Es lag im Kleiderschrank ...

Sollten sie wirklich zusammen weglaufen, ihr Gepäck über die Landstraße schleppen? Als Erstes mussten sie Fontenay erreichen. Zu Fuß ... Würden sie dabei nicht Étienne über den Weg laufen?

Und dann, in Fontenay ... Der Wartesaal im Bahnhof ... Der nächste Zug fuhr erst um sechs Uhr ...

Wohin? Wer weiß, ob nicht Liberge irgendwo in der Nähe des Hauses lauerte?

Leise, rasche Schritte. Das nachdenkliche Gesicht von Lucile, die begreifen wollte und nichts begriff.

»Was hast du nur, Maman?«

Es gelang ihr, einigermaßen ruhig zu antworten:

»Nichts ... Ich weiß nicht ...«

Luciles wegen, um sie zu retten, hatte sie das alles getan ... Étienne würde zurückkommen. So viel war sicher. Wo konnten sie sich verstecken?

Sie müssten sich in eins der Zimmer einschließen, die Tür mit Möbeln verrammeln und dürften sie unter keinen Umständen öffnen!

Wenn Étienne sich nun betrank ... Und sie war sicher, dass er es tun würde! Sie war sicher, dass er ins Trois Pigeons einkehrte, sich in seine Ecke setzte und sich, vor sich hin starrend, mit Schnaps volllaufen ließ.

Dann würde er torkelnd zurückkommen, mit nichts als finsteren Gedanken im Kopf.

»Du bist krank, Maman ... Dabei hast du doch gar nicht davon gegessen ...«

»Lass mich ...«

Er würde wiederkommen, das war das ganze Problem. Und dann?

Das war das ganze Problem! Im Haus gab es nicht einmal einen Revolver! Und sie konnte schlecht nach Sainte-Odile gehen und irgendwelche Leute um eine Schusswaffe bitten! Andernfalls hätte sie nämlich hier gewartet, bereit, bei der geringsten Bedrohung ...

Lucile war völlig ratlos. Da war zum einen ihre Mutter, die sie noch nie in einem solchen Zustand, mit so verstört glänzenden Augen gesehen hatte; und unten hörte man den Verletzten rumoren ... Was machte er? ...

»Maman! ... Bitte! ... Bitte! ... Sieh mich an! ... Sag etwas! ...«

»Hör, Lucile ... Ich glaube, du solltest ...«

Aber wohin? Wohin sollte sie sie schicken? Sie konnte sich nicht von ihrer Tochter trennen. Sie hatte das Gefühl, das würde die Gefahr nur noch vergrößern.

»Bleib im Zimmer deiner Großmutter ... Komm nicht heraus ... Mach die Tür nur auf, wenn ich es bin ...«

»Was hast du getan?«

»Nichts! ... Frag mich nicht, um Gottes willen! ...«

Sonst konnte sie für nichts mehr garantieren. Sie hätte sich auf den Boden werfen, sie hätte brüllen, sich herumwälzen und in den Teppich beißen mögen!

»Nun geh schnell und hol ihn! ... Lass ihn nicht ganz allein ...«

Und schließlich schrie sie beinahe böse:

»Geh schon! ... Geh! ... Geh! ...«

Als sie allein war, legte sie ihre Stirn an die Fensterscheibe, gerade gegenüber der Stelle, wo der große Nussbaum umgestürzt war. Der Wurzelstock war noch im Boden. Der alte Roy hatte ihn knapp darüber durchgesägt. Das Rattern eines Wagens, Hufschläge.

»Lucile! ... Wie denn! ... Warum bist du noch nicht im Zimmer? ...«

»Ich gehe ja, Maman ... Ich habe ihn im Hof holen müssen ... Er wollte weggehen ...«

Na und? Sollte er doch gehen! So wie es nun stand!

Der Wagen fuhr vorbei. Es war Bertrand, der Milchhändler, der aus der Stadt zurückkam.

Und wenn sie ihm nachrufen würde? Wenn sie sich von ihm nach Maillezais fahren ließe?

Der alte Roy hatte sich wieder an die Arbeit gemacht, draußen auf dem Feld, er war die einzige lebendige Gestalt weit und breit.

»Mein Gott! ... Mein Gott! ...«, flüsterte Joséphine.

Sie hielt es nicht aus, wo sie war. Sie ging hinunter. Sie hatte noch die Geistesgegenwart, den Mülleimer zu leeren und die Reste des Pilzgerichts mit Schutt zu überdecken. Wo war das Fläschchen?

Sie hatte es in ihrer Bluse behalten. Nun zerbrach sie es

und verstreute die Scherben auf dem Misthaufen, den sie mit der Gabel umwühlte. Niemand beobachtete sie. Sie hatte sogar Zeit, bis zum Tor vorzugehen.

»Guten Tag, Madame Roy ...«

Es war Wachtmeister Liberge. Sie sah ihn böse an, wurde dann aber plötzlich etwas sanfter.

»Kommen Sie herein! ...«

»Danke, nicht nötig ... Ich komme eben aus Fontenay ... Ich habe heute Vormittag auf dem Hinweg vorbeigeschaut, aber Sie waren nicht da ... Übrigens bin ich Étienne begegnet ...«

»Was hat er Ihnen gesagt?«

»Nichts ... Er war auf seinem Karren kurz vor der Stadt, als ich ihn sah ... Aber er schien mich nicht zu bemerken ...«

»Wollen Sie nicht auf einen Sprung hereinkommen und etwas trinken? ...«

Denn solange er dabliebe ... Sie holte die Karaffe, eines der Gläser mit dem Goldrand und nahm auch eines für sich, in der Hoffnung, der Alkohol würde ihr guttun.

»Was ich Ihnen erzählen wollte ... Es geht um den Koffer ... Ich habe ihn nämlich gefunden ...«

Noch drei Tage zuvor wäre sie darüber erschrocken, aber nun interessierte sie diese ganze Koffergeschichte nicht mehr. Liberge merkte es.

»Wissen Sie, bei uns geht das vielleicht alles nicht so schnell, aber am Ende finden wir doch immer heraus, was herauszufinden ist ... Ich habe mir gesagt: Wenn Ligier ihn nicht genommen hat ... Und warum hätte Ligier ihn auch stehlen sollen, er wusste ja nicht einmal, was drin war ... Man muss sich eben in die Leute hineinversetzen ... Da liegt ein Mann auf der Straße und daneben ein Koffer ... Wer würde schon, wenn er zufällig dort vorbeikommt, den Koffer nehmen, ohne sich um den Verletzten zu kümmern? ... Höchstens doch ein Vagabund, ein Landstreicher oder etwas wie ein herumziehender Zigeuner ...«

Er hatte das Wort absichtlich ausgesprochen, um Joséphine spüren zu lassen, dass sie selbst einst ...

»Nun waren aber an diesem Tag keine Landstreicher unterwegs, keine Zigeuner in der Gegend ... Das ließ sich leicht nachprüfen ... Wer also? ... So eine schlaue Hexe wie die alte Sareau? ... Ich habe auch daran gedacht ...«

Inzwischen war Étienne wohl in Fontenay angekommen. Joséphine schaute immer wieder auf die Uhr.

»Nur ist Madame Sareau hier nicht vorbeigekommen ... Dafür habe ich Zeugen ... Muss es also sonst ein Spitzbube gewesen sein ... Irgendeiner dieser verteufelten Bengel ... Es gibt welche, die stehlen aus purem Vergnügen ... So ein kleiner Strolch, der auf der Landstraße vorbeigeht, der fällt weiter nicht auf, vor allem, wenn er jeden Tag denselben Weg entlangkommt ... Also habe ich eine harmlose Miene aufgesetzt und mal unter den Gören in der Schule gefragt ... Ich wollte offen gestanden schon alle Hoffnung aufgeben, als mir gestern der junge Moisset aus La Grange so nebenbei sagt:

›Der kleine Jules Suireau hat ein Messer mit sieben Klingen ...‹

Also habe ich den kleinen Suireau auf dem Heimweg abgefangen.

›Zeig mir einmal dein Messer mit den sieben Klingen ...‹

›Wer hat mich verpetzt?‹

›Zeig her! …‹

›Ich habe es nicht mehr …‹

›Dann hol es …‹

›Ich habe es in den Weiher geworfen …‹

Ich habe ihn beinahe ausgezogen, aber nichts gefunden, also bin ich zu ihm nach Hause gegangen, habe seinen Eltern irgendwas erzählt und das Messer schließlich unter seiner Matratze aufgestöbert.

Es war keins von hier, es war ein amerikanisches … Wollen Sie es sehen?«

Er kann sich nicht vorstellen, weshalb Joséphine ihm kaum zuhört. Es beunruhigt ihn. Er reicht ihr das Messer, das sie nur aus Höflichkeit anschaut, damit der Wachtmeister nicht fortgeht.

»›Wo ist der Koffer?‹, habe ich ihn geradeheraus gefragt.

›Welcher Koffer?‹

›Das Messer war in einem Koffer, das wissen wir genau … Und den Koffer hast du auf der Landstraße beim Hof Gros-Noyer gefunden …‹

Er streitet alles ab … Dann heult er … Sein Vater versohlt ihm den Hintern … Schließlich beißt er seinen Vater sogar ins Handgelenk … Es vergeht eine volle Stunde, bis er uns endlich zu einer hohlen Esche führt, beim Graben unten … Dort hat er seinen Schatz versteckt, dort ging er ihn bisweilen heimlich betrachten …«

Étienne müsste unterdessen …

Liberge schenkt sich nach, schenkt auch Joséphine ein, und wieder wundert er sich, sie so mechanisch das Glas heben zu sehen, sie, die nie Alkohol trinkt.

»Pech ist nur, dass uns das nicht viel weiterhilft. Es war

ein verschlissener Anzug drin. Sie werden ihn in der Gerichtskanzlei sehen. Sicher erhalten Sie bald eine Vorladung. Außerdem hatte er ein paar kunsthandwerkliche Gegenstände bei sich, die vermutlich von den Eingeborenen in Südamerika stammen ...«

Joséphine öffnet den Mund, wie um zu schreien. Sie hat einen Wagen gehört, und das könnte die Graue gewesen sein. Und sie ist es auch. Der Karren fährt in den Hof ein. Étienne steigt ab, kommt näher, um durchs Fenster zu schauen, wer in der bereits erleuchteten Küche ist; dann schirrt er die Stute ab, geht sie tränken und führt sie, obwohl sie noch schweißnass ist, in den Stall.

Nur jetzt ja nicht aus Liberges Nähe weichen. Ihn weiterreden lassen. Es ist Étienne zuzutrauen, dass er sich absichtlich so lange draußen herumtreibt, bis der Wachtmeister gegangen ist.

Nein! Da geht schon die Tür auf, er tritt ein und sagt:

»Guten Tag, Wachtmeister ...«

Seine Frau würdigt er keines Blickes. Er holt ein Glas aus dem Schrank, ein großes Weinglas, und füllt es bis zum Rand mit Schnaps, trinkt und schnalzt zwischendurch mit der Zunge wie ein Mann, der schon nicht mehr ganz nüchtern ist.

»Ich habe gerade Ihrer Frau erzählt ...«

Er fängt mit seiner Koffergeschichte von vorn an. Hört ihm Roy überhaupt zu?

Es ist dunkel geworden. Eigentlich müssten jetzt die Kühe gemolken werden, aber Joséphine traut sich nicht in den Stall, denn ihr Mann könnte ihr dahin folgen.

»Diese Bengel, müssen Sie wissen, lügen noch besser als die Erwachsenen ...«

Das sagt er ausdrücklich zu Joséphine. Er weiß genau, was er tut. Aber nun ist es zu spät für solche Anspielungen. Jetzt weiß Étienne ohnehin Bescheid. Er weiß alles und noch viel mehr!

Er trinkt, mit hochrotem Kopf, blutunterlaufenen Augen, wie in seinen schlimmsten Zeiten.

Obwohl Liberge immer noch da ist, wird Joséphine wieder von Panik erfasst. Wie blind geht sie auf die Treppe zu, dann schneller und schneller hinauf. Sie klopft an die Tür.

»Herein! ...«, sagt eine sanfte Stimme.

Warum hat Lucile die Tür nicht verschlossen, wie sie es ihr gesagt hatte? Joséphine dreht den Schlüssel im Schloss, blickt sich nach einem Möbelstück um, mit dem sie die Tür verbarrikadieren könnte.

»Hilf mir! ...«

»Aber, Maman ...«

»Hilf mir, schnell! ...«

Was werden die unten denken, wenn sie hören, wie oben eine Kommode über den Boden geschleift wird?

»Wer ist in der Küche?«

»Dein Vater und der Wachtmeister ...«

»Wovor hast du Angst?«

»Vor nichts! Frag mich nicht immer ...«

Und dann dieser Mann, der sie mit dem weichlichen Blick eines abstoßenden Kindes anstaunt!

»Nun hör mir zu, Lucile ... Ich weiß nicht, was geschehen wird ... Etwas Schreckliches, vermute ich ... Und du musst wissen, dass ...«

»Ich weiß, Maman ...«

»Was weißt du?«

»Dass er nicht mein Vater ist ...«

»Wer hat es dir gesagt?«

»Niemand ... Ich habe nachgedacht ... Ich habe ...«

Joséphine spitzt die Ohren. Die beiden Männer haben sich erhoben. Die Stühle sind zurückgeschoben worden. Die Küchentür geht auf und wird wieder geschlossen. Weiß Gott, weshalb der Wachtmeister beim Wegfahren die Fahrradklingel betätigt. In Kürze wird er in Sainte-Odile sein und dort wohl in aller Gemütlichkeit im Wirtshaus gegenüber der Schmiede verschwinden ...

»Glaubst du, er weiß alles, Maman?«

Sie spricht nicht von Liberge, sondern von Roy, von dem kein Laut mehr zu vernehmen ist. Was tut er, allein in der Küche? Die Karaffe mit dem Cognac ist ziemlich voll. Nach dem Besuch des Kommissars wurde sie gleich wieder aufgefüllt. Wenn er sie austrinkt ...

Er geht hinaus ... Man hört das Knirschen seiner Schritte ... Je weiter er sich entfernt, desto ruhiger pocht Joséphines Herz, aber da kommt er schon wieder zurück, er ist nur in den Werkzeugschuppen gegangen. Er kommt herein und die Treppe herauf. Nein, er geht wieder hinunter. Um noch mehr zu trinken. Dann kommt er wieder.

»Lucile! ...«

»Aber, Maman ...«

»Du kannst es nicht verstehen ... Schweig! ... Bring dich in Sicherheit! ...«

Sie weiß nicht mehr, was sie redet. Völlig verstört starrt sie auf die Tür, die mit der Kommode versperrt ist.

Étienne tritt mit dem Fuß dagegen, nochmals, dann wird

es wieder still. Aber nur, weil er Anlauf nimmt und sich, Schulter voran, mit aller Gewalt dagegenwirft.

»Was hat er vor?«

Nun verliert auch Lucile die Nerven, öffnet das Fenster, will um Hilfe rufen, aber nichts ist zu sehen als die feucht-kalte Nacht, und die beiden Frauen schaudern davor zurück.

Wo ist der alte Roy? Wäre doch der Wachtmeister …

Der Mann auf der andern Seite knurrt wie ein wildes Tier, wirft sich erneut gegen die Tür, eine Füllung zersplittert.

Einen Augenblick wird sein Körper sichtbar, sie spüren vor allem seinen Blick, in dem kein Funken Menschlichkeit mehr ist.

Vermutlich befürchtet er, die beiden Frauen könnten durchs Fenster entkommen. Sie haben daran gedacht. Aber es liegt zu hoch, und unten ist ein gepflasterter Gehsteig.

Wieder wuchtet er gegen die Tür, einmal, zweimal, bis er die Kommode umwirft und ihm vor Anstrengung fast die Adern auf der Stirn platzen.

»Lucile! …«

Das Wahnsinnigste daran, das Ungeheuerlichste ist aber, den Unbekannten zu sehen, der nichts begreift und nie mehr etwas begreifen wird, denn nun erhebt er sich, ein kindliches Lächeln auf den Lippen, und stellt sich der tobenden Masse entgegen.

Er sackt als Erster zusammen, mit einem kümmerlichen Aufstöhnen, das in keinem Verhältnis zur Wucht des Hiebs steht, der auf ihn niedergegangen ist …

Der Koloss rückt nun gegen die beiden Frauen vor, die sich beim Fenster aneinanderklammern; sie hören sein Keuchen, schon spüren sie seinen Atem auf sich.

10

Kurz vor vier, als es schon langsam dunkel wurde, hat der alte Roy seine Taschen durchstöbert und dabei keine zwei Krümel Tabak zutage gefördert. Daraufhin ist er in seiner bedächtigen Art durchs Gatter vom Feld weggegangen und in Richtung Dorf gelaufen. Hinter der Wegbiegung hat er Périneau getroffen, der einmal Knecht war wie er und nun der Trunkenbold des Dorfs geworden ist.

»Gehen wir einen trinken?«

Zuerst ist Roy seinen Tabak kaufen gegangen und hat seine Pfeife gestopft. Dann haben Périneau und er sich im Wirtshaus auf die Bänke gesetzt, auf denen sie schon in ihrer Jugend gesessen hatten. Die Inschriften, die sie damals mit dem Messer eingeritzt haben, sind noch gut zu erkennen.

»Einen Weißwein, Marie!«

Früher einmal hat Roy mit ihr geschlafen. Jetzt kommt sie einem sehr klein vor, trägt einen Bauch vor sich her.

»Treibst dich immer noch herum?«, sagt sie zu Périneau, der ja vielleicht auch seinen Spaß mit ihr gehabt hat, bevor er zu trinken anfing.

Sie sind die beiden einzigen Gäste in dem niedrigen Saal.

»Noch einen Weißen, Marie! ... Ich sag dir eins, Évariste, die Politik und diese Politiker, das ist ...«

Roy raucht seine Pfeife. Der Wachtmeister stellt sein Fahrrad an die Tür und kommt herein.

»*Salut*, Vater Roy! … *Salut*, Périneau! … Schon später Nachmittag und noch nicht betrunken? …«

»Das kommt schon noch, junger Mann, das kommt schon noch! Ich habe gerade zu Évariste gesagt … Was habe ich gesagt, Évariste? …«

»Ein Glas Wein, Marie!«

So lässt sich's plaudern, und so plaudern sie denn. Der Uhrzeiger macht ohne Aufhebens seine Runde. Der Wachtmeister denkt als Erster ans Aufbrechen. Er hat noch sechs Kilometer vor sich, und seine Lampe wirft kaum Licht in der Dunkelheit.

Dann macht sich auch Évariste Roy auf den Weg. Er braucht ihn nicht zu sehen. Seit bald siebzig Jahren nimmt er diesen Weg, den er schon längst kannte, bevor sie ihn asphaltiert haben, damit auch ja die Pferde ausrutschen, wenn es regnet.

Nanu! Das Fenster im Zimmer der Alten auf Gros-Noyer steht offen. Es brennt Licht, und der Wind bläht den Vorhang mitunter halb zum Haus hinaus.

Der Alte hat es nicht eilig. Als er durchs Tor geht, sieht er, dass auch in der Küche Licht brennt, und wirft im Vorbeigehen einen Blick hinein. Niemand da!

Dann holt er seine beiden Eimer und die Stalllaterne. Eigentlich müsste doch mindestens Joséphine beim Melken sein.

Er zündet ein Streichholz an, aber der Wind bläst es wieder aus. Beim dritten Versuch gelingt es, und er schließt die Klappe.

Die Tiere werden unruhig, als er an der Tür rüttelt. Warum lässt sie sich nicht öffnen? Er drückt fester, bis sie nachgibt. Sie schlägt hinter ihm wieder zu, als ob sie von jemandem gestoßen würde; und tatsächlich ist da jemand, da hängt nämlich an einem Haken an der Decke, gleich hinter dem Türflügel, ein Menschenkörper.

Der Alte fürchtet sich nicht vor dem Tod. Er stellt seine Laterne auf den festgestampften Boden, fasst die Hand Étiennes an, der kaum wiederzuerkennen ist, und murmelt:

»Der ist hinüber!«

Die Hand ist kalt … Die kurze Leiter, die für die Apfelbäume im unteren Garten gebraucht wird, liegt umgekippt auf dem Boden …

Der alte Roy bleibt eine Weile so stehen und fragt sich, was zu tun ist. Dann nimmt er seine Laterne wieder in die Hand, stößt die Beine des Erhängten beiseite, um die Tür öffnen zu können, und geht zum Haus.

In der Küche ruft er:

»Niemand da?«

Das Feuer ist noch nicht ausgegangen. Die Cognackaraffe auf dem Tisch ist leer, daneben stehen zwei der kleinen Gläser mit dem Goldrand und ein Weinglas.

»Niemand da?«

Wenn er sich gleich ins Dorf begäbe, um Bescheid zu sagen? Er geht jedoch hinauf, nicht ohne seine Schuhe auszuziehen, bevor er den gebohnerten Fußboden betritt. Holzsplitter. Eine umgestürzte Kommode.

Seine Laterne erlischt in der Zugluft, aber die Glühbirne in dem Zimmer brennt.

Drei Leichen liegen da ausgestreckt, und es gibt eine Menge Blut überall, nicht nur auf dem Boden, sondern auch auf der geblümten Tapete.

In den Beinen des Unbekannten, der vor einiger Zeit mit dem Fahrrad hier ankam, eine große Axt …

»Hallo! … Hallo! … Ist da die Gendarmerie von Maillezais? … Sprechen Sie, Monsieur Roy …«

»Sprechen doch Sie! Sie wissen ja, dass ich von diesem technischen Zeug nichts verstehe …«

»Was soll ich sagen?«

»Dass sie kommen sollen …«

»Hallo! … Ist der Wachtmeister da? … Er ist noch nicht zurück? … Sagen Sie ihm, Monsieur Roy vom Hof Gros-Noyer lasse ausrichten, er solle sofort kommen … Ja … Es scheint etwas Schlimmes zu sein …«

Als sie wieder aufgehängt hat, lehnt sich die Postbeamtin über ihren Schalter vor.

»Was ist denn passiert, Monsieur Roy?«

»Was weiß ich? … Kommen wenigstens die andern?«

»Ja, gleich … Sie werden dem Wachtmeister unterwegs begegnen, denn er kommt ja aus unserer Richtung …«

»Na gut …«

Bevor er heimgeht, schaut er im Wirtshaus vorbei.

»Was darf es sein?«

»Vielleicht am besten einen Rum … Nach so einem Tag …«

»Geht's dir nicht gut?«

»Für mein Teil will ich nicht klagen … Aber was da passiert ist …«

Er schaut zu, wie die andern Karten spielen. Trinkt. Rafft sich endlich auf.

»Also dann! …«

Er kommt gleichzeitig mit den Gendarmen, die sich in Maillezais einen Wagen genommen haben, auf Gros-Noyer an.

»Sie werden es ja selbst sehen! ...«, sagt er zu ihnen. »Warten Sie! ... Wir sollten vielleicht oben anfangen ...«

Drei Monate sind vergangen, als in Saint-Ouen bei der Katzenmutter, die aufgedunsener denn je aussieht, ein Brief mit einer ausländischen Marke eintrifft, und auf dem Stempel steht: *Republik Panama*.

Alle Zeitungen haben über das *Blutbad vom Hof Gros-Noyer*, wie sie es nannten, berichtet. Eine Menge Journalisten ist nach Saint-Ouen gekommen, um diese Frau, diese Violet, zu interviewen und Fotos von ihr zu machen.

»Was wollt ihr, was ich euch sagen soll, wo ich doch nichts weiß? ...«

Sie sieht nicht mehr besonders gut. Ein Nachbar, der »der Professor« genannt wird, liest ihr den Brief vor.

... Es ist seither in meinem Leben auf und ab gegangen ... Wenn wir uns eines Tages wiedersehen, erzähle ich Dir, wo ich überall gewesen bin ...

... Jetzt ist mein Leben ruhiger ... Ich habe mich mit einem Freund zusammengetan, und wir verdienen ordentlich Geld ...

Der Brief ist von Justin.

Seine Mutter, die ihn kennt – und dem Professor braucht man nichts vorzumachen, der hat manches gesehen –, wirft ein:

»Wie, möchte ich gern wissen ...«

»Das steht da nicht ... Aber warten Sie ... *ordentlich*

Geld … Da ich Deine Adresse nicht kannte und auch nicht wusste, was aus meinen ganzen Brüdern und Schwestern geworden ist …«

»Viele sind es nicht mehr«, merkt sie beiläufig an.

»… Per Zufall habe ich jemanden getroffen, der gerade mit dem Schiff ankam und von dem ich erfuhr, dass Joséphine …«

Das Papier ist fleckenübersät. Wahrscheinlich hat er den Brief in einer Bar geschrieben, das würde ihm ähnlichsehen. Was mag er wohl machen in der Republik Panama?

»… Ich hatte mich nicht getraut, ihr zu schreiben, nach dem, was ich über ihre Verhältnisse gehört hatte … Ich habe immer damit gerechnet, dass es mit ihr ein solches Ende nehmen würde … Wenn man an ihren Charakter denkt …

Als sich die Gelegenheit bot und ein Kollege, dem ich aus der Klemme geholfen hatte, nach Frankreich zurückfuhr, bat ich ihn, ihr etwas Geld für Dich vorbeizubringen … Ein guter Junge … Das Klima hier bekam ihm nicht, und er versprach mir …«

»Schreibt er nicht, wie viel?«, fragt ganz verträumt die Katzenmutter. »Sind es die Sechzigtausend?«

»Das sagt er nicht … Aber er fügt noch etwas hinzu:

So wie es für mich hier aussieht, scheint es mir besser, wenn Du nicht …«

Und die Alte schließt kopfschüttelnd:

»Wenn du nicht … natürlich! … Was könnte man ihnen schon sagen, den Dreckspolizisten? … Sag doch selbst, Professor, ich hab wirklich kein Glück auf meine alten Tage … Aber Justin ist doch ein feiner Junge! … Und was ist nun mit diesem Alten, wie heißt er? … Irgendein Königsname …

Roy? ... Genau! ... Ich wusste doch, dass mein Mädchen so heißt, aber mein Gedächtnis lässt eben nach ... Dann ist er es also, der den Hof jetzt geerbt hat ...?«

Sie sitzen auf Seifenkisten, und der Professor, der unter seiner Jacke kein Hemd trägt, erklärt ihr in gemessenem Tonfall, dass, nachdem nun Étienne Roy, der von seiner Mutter, der geborenen Cailleteau, geerbt hatte, tot sei, ebenso wie seine Tochter, und beide kein Testament hinterlassen hätten, nun automatisch sein rechtmäßiger Vater, der alte Roy, sein Haus, sein Vermögen, kurz, sein Hab und Gut ...

Der alte Roy hat sich eine dreißigjährige Haushälterin auf den Hof geholt, und man munkelt schon ...

Jeden Samstag spannt er die Graue an – die Graue aus der Nachkommenschaft jener ersten Grauen, die Étienne einst in La Roche gekauft hat –, um nach Fontenay auf den Markt zu fahren.

Und weil er ein alter Mann ist, kehrt er direkt im Trois Pigeons ein.

Von Knechten, die auf dem Hof übernachten würden, will er nichts wissen, Maries wegen, seiner Haushälterin. Er zieht es vor, Tagelöhner einzustellen, verheiratete Männer am liebsten.

Es würde niemanden wundern, wenn er mit seinen zweiundsiebzig Jahren der Marie noch ein Kind machte.

Wie die Erde hat er die Ewigkeit vor sich.

Fontenay-le-Comte, September 1941

DIE GROSSEN ROMANE
Band 85

Georges Simenon
Die Komplizen
Aus dem Französischen von Stefanie Weiss
Mit einem Nachwort von Hermann Schmidt
208 Seiten, Taschenbuch
ISBN 978-3-455-01671-0
Atlantik Verlag

Nur einen kurzen Moment ist Joseph Lambert am Steuer abgelenkt, doch dieser Moment entscheidet über Leben und Tod. Für den Bauunternehmer ist nach dem fatalen Unfall, den er, seine Geliebte auf dem Beifahrersitz, verursacht, nichts mehr, wie es einmal war: Lambert begeht Fahrerflucht und lebt, anstatt sich zu stellen, fortan ständig in Sorge, man könnte ihm auf die Schliche kommen. Doch wie lange lässt es sich mit einem so schwerwiegenden Geheimnis leben? Was bleibt, wenn nichts mehr gewiss scheint? Meisterhaft zeichnet Simenon das Psychogramm eines Menschen in einer Ausnahmesituation, der sein Selbstbild bis zuletzt verzweifelt zu wahren versucht.

»Die Sujets von Simenon sind häufig von
hohem psychologischem und ethischem Interesse;
doch ungenügend bestimmt; als ob er sich selbst
über ihre Wichtigkeit nicht klar wäre; als ob er
erwartete, in der Andeutung verstanden zu werden.
Dadurch zieht er mich an und fesselt mich.«
André Gide